新潮文庫

わたしの流儀

吉村　昭著

目次

Ⅰ　小説を書く

II　言葉を選ぶ

Ⅲ　人と出会う

Ⅳ　酒肴を愉しむ

V　旅に出る

VI 歳を重ねる

わたしの流儀

I　小説を書く

小説の題名

小説の題名は小説の貌《かお》なので、きわめて重要である。いとも簡単にすらりときまることがあるが、それは稀《まれ》で、ああでもないこうでもないと大いに苦しむ。

小説に最も適した題名は、一つしかない。苦心の末、それを探りあてる幸運にめぐまれることもあるが、どうしても思いつかず、こんなところかと妥協してしまう場合もある。

アメリカのポーツマスで催された日露戦争の講和会議に、全権として赴いた外相小村寿太郎を主人公にした長編小説を書いたことがあるが、この題名がどうしても思いつかない。担当の編集者Kさんを小料理屋に呼び出し、助けを求めた。酒が入ると、いい題を思いつくことが多いのである。

小村が講和会議に日本を出発する時、馬車の進む沿道には、激励のための国旗がつらなった。が、条約の結果は国民の期待に反したものとされ、かれが帰国した時には、旗は全くみられなかった。それで私は、題名に「旗」という文字をどうしても入れたいと思っていた。

それをKさんに話すと、しばらく酒を飲んでいたかれが、

「ポーツマスの旗、としたらどうでしょうか」

と、つぶやくように言った。

私は、かれの顔を食い入るように見つめた。ただ一つあるその小説にふさわしい題名に、Kさんの助力で出会うことができたのである。

「高熱隧道《ずいどう》」という小説を書いたことから、そのトンネル工事を請負った建設会社のS社長と対談したことがある。

対談が終って、Sさんが自ら書いた随筆集を私に渡した。繰ってみると、建設関係のことが手なれた文章でつづられている。

随筆集の題名は、「未完」。

「内容はいいのですが、なぜこんな題をつけたのですか」

「未完」である随筆集では、だれも読む意欲が湧《わ》かない。トンネルでも、未完、つまり貫通していないトンネルを発注者が引取りますか。未完はいけません。断じていけません。

そんなことを話しはじめると、Sさんは、眼に涙をにじませて笑いつづけ、ハンカチ

を出してしきりに涙をぬぐう。

秘書の方が、

「社長がこれほど笑うのを見たことはありません」

と言って、かれも笑いつづけた。

こんなことを私が言ったのも、小説の題名をつけるのに苦心しているからである。題名と言えば、絵についている題名は不思議だ。

個展に行くと、よく眼にする題名が、「静物」。「静物（A）」「静物（B）」などと記されていることもある。

それに多いのが「無題」。絵は、本来題をつけるべきものではないのかも知れないが、「無題」という題名の絵の前に立つと、思いあぐねてそのような題名をつけざるを得なかった画家の顔が、眼の前に浮ぶ。

万年筆

家内の甥《おい》が、大学の入学試験に合格したので、お祝いになにか贈ることになった。

私は万年筆を提案し、家内は一応意向をきいてみると言って電話をかけたが、甥は今まで万年筆を使ったことは一度もなく、今後も必要とはしないだろう、と言ったという。時代は変わったのである。私が中学校に入学した時、叔父がお祝いに買ってくれた万年筆を制服の胸ポケットに差した折の体がはずむような喜びは、今でも忘れられない。その記憶があるので万年筆を、と思ったのだが、それは遠く過ぎ去った日の感傷にすぎなかったのである。

筆記具は、ボールペンなどが主になっているのだろう。

最近、編集者にきくと、小説家の原稿の八〇パーセントはワープロで打ったものだという。編集者の側からすれば、読みやすく、ありがたいと思っているようだ。

万年筆で原稿用紙に文字を刻みつけている私などは、時代の流れから取り残された完全な少数派で、今後その数は減少の一途をたどるにちがいない。

しかし、時代の流れがどうであろうと、私はあくまでも万年筆で小説を書く。長年手になじんだものだけに、それをはなすことはできないのである。

明治時代に輸入された万年筆は、fountain pen を直訳して泉筆と称したが、長い間インクが出る神秘的な筆ということから、万年筆という名称で売られるようになった。

明治時代の文人内田魯庵《うちだろあん》は、万年筆をインクが霊泉のようにこんこんと湧き出る貴重な物として愛用している、と随筆に書いている。

私も、魯庵同様、万年筆をこの上なく素晴しい筆記具だと思っている。常にペン先から一定量出てくるインクを霊泉のようにも感じ、まさに泉筆だと思う。

ワープロを使うようになると、文字を忘れる傾きがあるという。機械が文字を自動的に出してくれるので、頭を使わないですむからなのだろう。

万年筆で書いていると、一字一字文字を思い起し、自信がないと辞書を引く。ワープロが車のような乗物なら、万年筆はとぼとぼと悪路を歩くようなものだ。

別にひがんでいるわけではない。長年使いなれているから、万年筆を手ばなせないだけのことで、死を迎えた折には棺に愛用の万年筆を入れてもらいたい、と思っている。

机

夏の季節になると、

「休暇はいつから、何日間とられますか」

などとたずねられる。

「別にとりません」

と、私は答える。

私は、一年中休むことなく仕事をしている。小説の資料調べや年に数回の講演で旅に出る以外は、書斎の机にむかっている。

数年前までは、一月一日も午後には書斎に入った。さすがに家内から、

「元日ぐらいはのんびりしたらどうなんですか」

と、強くたしなめられた。

それからは、元日は休み、二日は浅草寺《せんそうじ》に初詣《はつもうで》に行き、三日を仕事始めとしている。

いわば年中無休で、子供が学校に行っていたころ、朝食後ぼんやりしている子供を見て、

「早く学校へ行きなさい」

と言うと、子供は、

「今日は日曜日じゃないですか」

と、笑いながら答えた。

毎日のように書斎の机にむかっているが、一字も書けない日もある。ただ、じっと椅《い》子《す》に座っている。あれこれと小説のことを考えているが、書きたいものがわいてこない。

私の仕事は机にむかうことで、考えてみると妙な職業である。

書斎

小説の資料収集などで月に二、三回は旅に出る。旅先での泊まりは二泊を限度としている。その程度滞在すれば、仕事が確実に終わるからだが、帰心矢のごとしで帰宅したい気持ちがおさえきれぬからでもある。と言っても、私が帰りたいのは家庭というわけではなく書斎で、書斎に入って机の前に坐《すわ》りたいのである。

書斎は六畳間ほどの広さで、窓ぎわに二メートル六〇センチの長さの机がつくりつけられている。異例の長さの机にしたのは、資料を多く載せるためだが、フィクションの短編小説を書く時は、それらの資料をすべて取りのぞくので長い机の空間がすがすがしく、気持ちがひきしまる。

三十年以上も使っている回転椅子に坐って机にむかうと、気分が安まる。煩《わずら》わしいことがあっても、それらは跡かたもなく拭《ぬぐ》い去られて、落ち着いた気持ちになる。

書斎の四方の壁には天井まで伸びた書棚があって、書籍が隙間《すきま》なく並び、床の上にまであふれ出ている。それらにかこまれて、机の上に置かれた資料を読み、原稿用紙に万年筆で文字を刻みつけるように書く。

書斎は私の密室で、人の眼にふれるのは、なにか恥ずかしいようでいやなのだが、親しい編集者が必要あって書斎に入った時、

「殺風景なものですね」

と、言った。

そうかも知れない。華やいだものが全くない孤独な仕事部屋。しかし、その殺風景な空間が、私にはこの上ない貴重なものなのである。

日の丸

日の丸の旗は、どのような経緯で日本の国旗になったのか。

最近、御城米船についての小説を書き、そのことについて知ることができた。

御城米船とは、江戸時代に全国各地にあった幕府直轄領《ちょっかつりょう》――天領で徴収した年貢米《ねんぐまい》を運ぶ廻船である。重要な役目を持っている船なので、航海の安全を第一とした。

一般の廻船と区別するため、幕府は御城米船すべてに日の丸の船印（朱の丸船印ともいう）の幟《のぼり》を立てることを定めた。幕府は公式に日の丸を御城米船の船印に制定し、その後、二百年近く幕府の御用船にかかげられていた。

幕末に開国されると、欧米の船が多く来航するようになり、むろんそれらの船にはそれぞれの国旗がかかげられていた。

アメリカ使節ペリーが四隻《せき》の軍艦をひきいて来航してから一年後の嘉永《かえい》七年（一八五四）五月、幕府の大型洋式帆船「鳳凰丸《ほうおう》」が完成し、その船尾に日の丸の旗がかかげられた。さらに六年後、幕府は日の丸を日本の国の船印とすることを制定した。

一般には薩摩《さつま》藩主島津斉彬《なりあきら》が藩で建造した洋式帆船「昇平丸」に日の丸の旗をかかげたのが最初であるとされているが、「昇平丸」の完工は「鳳凰丸」の半年後で、「鳳凰丸」の方が早い。

明治維新以来、徳川幕府に関することはすべて悪とする皇国史観によって、日の丸を最初に使ったのは維新の立役者であった薩摩藩の船としたのだろう。

たしかに斉彬は、日の丸を日本の総船印とすべきである、と幕府に進言している。しかし、それは幕府の御用船がすでに使用している日の丸が総船印としてふさわしいと賛同したにすぎない。

日本の洋式帆船に白地に日の丸の旗がひるがえっているのは、強烈な印象をあたえた。幕府を総否定することにつとめていた明治新政府も、日の丸を排することはできず、三年一月二十七日の太政官《だじょうかん》布告によって、日の丸を国旗と制定したのである。

三百二十余年前に、幕府の年貢米を輸送する廻船の船尾に立てられた船印が、国旗の起源であることを考えると、やはり日本は海にかこまれた島国なのだとあらためて思う。

狂信的な勤皇家

歴史小説を書いていると、勝者によって歴史が形づくられる傾きがあるのをつくづく感じる。

明治維新以来、敗者であった江戸幕府に関することはすべて悪で、幕府を創設した徳川家康はずるがしこい狸《たぬき》のような人物とされていた。戦時中の三流映画に、家康が髭《ひげ》をはやし尾まである狸の姿をして、愚しい言葉を口にしているのが映し出されていた。

逆に朝廷側に立って動いた者たちは、勤皇の志士として美化されていた。

高山彦九郎《ひこくろう》も代表的な勤皇家とされていて、少年時代、彦九郎の名を知らぬ者はないほど著名な人であった。現在も京都の三条大橋の袂《たもと》に、大きな彦九郎の銅像がある。御所にむかって手をつき拝礼している坐像《ざぞう》で、それは終戦までの彦九郎を象徴する姿であった。

私は、彦九郎の書き残した尨大《ぼうだい》な日記を読み、自分のいだいていた彦九郎観とは全く異なった人物であるのを知った。

彦九郎は、当時、屈指の大学者で、その名は全国に知られていたので旅をしても各地で畏敬《いけい》の念をもって迎えいれられた。

かれは、足利《あしかが》幕府以来の武家による政治を否定し、古くからの朝廷の文官政治を本来のものとした。つまり反体制の社会運動家で、江戸幕府のきびしい追及をうけ、自殺に追いこまれたのである。この反幕姿勢のみが拡大され、終戦まで彦九郎は、類《たぐ》い稀《まれ》な勤皇家として賞讃《しょうさん》されていた。

それが終戦と同時に、終戦前のものを全否定する風潮にまきこまれて、彦九郎は狂信的な勤皇家として侮蔑《ぶべつ》の対象となった。

彦九郎の日記を読んだ私は、かれの実像をあきらかにしたいと考え、「彦九郎山河」という長編小説を書いた。彦九郎は清廉《せいれん》な人物で、人間的にも深い愛着をいだいたのである。

かれの生地に彦九郎の記念館が設けられるというので、「彦九郎山河」の原稿を寄贈し、依頼に応じて講演にもおもむいた。

不思議であったのは、その地の為政者の態度であった。私の小説を読んだ気配はなく、講演会にも姿をみせない。あきらかに彦九郎に反感をいだき、かれを主人公に小説を書いた私にも不快の念をもっているのが察せられた。

このような偏見が、まだ一般的であるのを残念に思う。

しかし、これが世の常で、思い込みというものは、容易にはくずれないらしい。

ノーベル賞

内視鏡を開発したのが日本人だということを、多くの人が知らないのではないだろうか。私も、二十八年前まで知らなかった。

その年、心臓移植の小説を書く調査で南アフリカの国立病院に行った時、院内を案内してくれた外科医が、ある個所で足をとめた。そこには、内視鏡がずらりと並んでいた。

「日本人はすばらしいものをつくってくれた。この内視鏡によって世界の人々がどれだけ死をまぬがれているか知れない」

かれは、感嘆して言い、初めて私はそれが日本人の手によって創造されたものであるのを知ったのである。

その後、私は「光る壁画」と題する胃カメラ開発の小説を書いた。

開発者は東大分院の若い医師宇治達郎、オリンパス光学の杉浦睦夫、深海正治の三氏で、終戦後の物資の乏しい時期に苦心の末、胃カメラとして完成させたのである。

胃カメラに改良を加えた内視鏡は、世界の医学界に不可欠のものになっている。検診のみならず治療の分野にまで使用されていて、たしかにそれは、はかり知れない多くの人々の生命を救っている。

これこそノーベル賞に値するものなのだが、なぜかそれは無視され、その偉大な功績を顕彰する気配は全くない。三氏のうち健在なのは深海氏のみで、私は大いに大いに不満なのである。

短銃

ある文学者を主人公にした小説を書こうと思い立った。その人の生きた環境が私と共通している点が多いことから、書いてみたいと考えたのである。

しかし、詳細に調べてみると、私の好みではない生き方をしていて、たちまち興味を失い、書くことをやめた。主人公に大きな魅力を感じなければ、小説に書く気にはなれないのである。

その点、近々出版される私の長編小説の主人公の川路聖謨《かわじとしあきら》という人物は、まことに魅力にみちている。幕末に軽い身分から勘定奉行という要職にのぼりつめた幕臣で、偉大な外交官でもあった。

ロシア使節プチャーチンと鋭い折衝をつづけて条約を締結したが、プチャーチンは川路を、頭脳のすぐれた類のない人物とほめたたえている。

自分にはきわめてきびしく、他人には思いやりがある。教養が豊かで、判断力は抜群である。

かれの人間性が、私には興味深い。女性には潔癖で、妻に惚《ほ》れぬいている。風呂《ふろ》がきらいだが、浴室に入る時には必ず塩を盛った皿を持ってゆき、睾丸《こうがん》を塩でもみ洗いする。精力減退を予防するためなのだという。

幕府が倒れ、江戸城を官軍に明け渡すことがきまった時、かれは短銃自殺をする。こういう人物が私は好きだ。

地方の史家

現在、三重県の志摩半島突端にある波切《なきり》村（大王町）で天保《てんぽう》元年に起った出来事を、小説に書いている。「朱の丸船印」と題し、単行本にした折には「朱の丸御用船」と改めた。

当時、大量の荷を運ぶのは、主として船で、大商業都市の大坂から大消費都市の江戸に米、酒、その他の生活必要物資を運んだのも、廻船であった。

大坂、江戸間は海の東海道とも言うべき主要航路であったが、波切村沖は岩礁《がんしょう》がつらなる大難所で、廻船が難破することが多かった。

船頭の中には、荷主から託された積荷を途中で売りはらい、あたかも船が難破したように装《よそお》って船を沈めることがしばしばあった。波切村沖がそれに利用され、村を巻きこむ事件が起きたのである。

私は、四日市、津、鳥羽《とば》の各市に行って資料を収集し、大王町にも二度赴いた。町には、岡賢氏という史家がいて、地元の史料を発掘し、「波切騒動始末」という書物にまとめている。その書物を読むと、氏が長年にわたって鋭意研鑽《けんさん》をつづけられたことがよくわかる。

氏とお会いしたが、八十四歳という御高齢であるのに、いきいきとした表情をしていて記憶力がすぐれ、読書量も多く博識の方であった。

歴史小説を書く折に、私は現地に赴くが、氏のような史家によく出会う。これらの人の努力によって地方の正しい史実が表面に浮び出て、それがひいては日本の歴史を形づくっている。

「天狗《てんぐ》争乱」という小説を書いた時、栃木市に赴いて「水戸天狗党　栃木町焼打事件」という著書のある稲葉誠太郎氏を識《し》った。

天狗党の田中愿蔵《げんぞう》ひきいる一隊が栃木町を焼打ちした出来事について、氏は町に遺《のこ》された文書を克明にあさり、それを著書にまとめていた。その史実に心を動された私は、栃木町焼打ちを小説の冒頭とした。

町の旧家の出である氏は、史家として迫力にみちていた。七十四歳だが、声には張りがあり、その後も電話の声をきくたびに気分が明るくなった。

天狗党は、茨城県の那珂湊《なかみなと》で激しい戦いをするが、これについて「那珂湊の大戦」という私家版三冊にまとめた史家がいた。関山豊正氏で、那珂湊で酒類卸商を営まれていた。

広く事業をなされている人らしい寛容な方で、そのかたわらこのような研究をしていることに驚嘆した。七十九歳とは思えぬ、体格の良い若々しい方で、那珂湊の戦いについてこの人以上に造詣《ぞうけい》の深い研究家はいない。

二年前、故《ゆえ》あってお電話をし、氏が逝去《せいきょ》されているのを知り、茫然《ぼうぜん》とした。しかし、氏は亡《な》くなられても、「那珂湊の大戦」という自家版の著書は秀《すぐ》れた史書として後世にまで残され、氏は幸せな方なのだ、と思い直した。

このような私よりも高齢な方たちが、日本の文化を支えている。この三氏以外にも、秀れた史家を数多く識っている。

ノンキ

小説やエッセイを書く時、しばしば辞書をひくが、自分の考えていた文字とはちがっていて驚くことがある。

ノンキ、という言葉がある。のんびりした人のことを、ノンキな人という。漢字では呑気と書くのだな、と思い、念のためひいてみると暖気とある。

暖気な人と書いて、ノンキな人と読める人がどれだけいるのか。私は漢字をやめて、平仮名でのんきな人と書いた。

私が旧制中学校時代に、消耗という言葉が流行した。今日、おれは元気がないと言う時に、消耗しているんだ、などと言う。

消耗をショウモウと言っていたが、辞書をひくとショウコウとある。あきらかに毛という字を意識して、モウと発音していたのである。

医学用語に口腔という言葉がある。口腔外科、口腔検温など。口腔はコウコウなのだが、お医者さんがコウクウと言うのを何度もきいた。空という文字が入っているので、クウと発音している。業界慣用の発音なのである。

隧道、つまりトンネルを土木業界ではズイドウと発音する。しかし、正しくはスイドウで、これも業界語である。

日本語は全くむずかしいが、それだけに深みがあって面白い。

辞書

私のような小説を書く者は、文字をよく知っていると思われるかもしれないが、それは大まちがいである。

たとえば三十枚の短編を書く時など、十回近くは辞書をひく。文字の輪郭はおぼろげながら頭に浮かぶのだが、自信がなく、辞書のページを繰る。

昆虫《こんちゅう》のクモは、漢字で蜘蛛と書くが、蜘が上であったか下であったか、何度辞書をひいたか知れないが、今もってわからない。

そのように辞書をひいて誤字のないのをたしかめて万全を期し、書き上げた小説を編集者に渡すが、それでも二文字か三文字誤字がある。

また、妙な文字の使い方をして編集者に指摘されたこともある。「糸めめず」と書いたら、編集者は「糸みみず」だと言った。そんなはずはないと思って辞書をひくと「めめず」は「みみず」の訛《なまり》とあった。

東京の下町生まれの私は、幼い頃から「みみず」とは言わず、「めめず」と言っていた。つまり方言であったわけで、私は、思わずにが笑いした。

毎日辞書をひくが、考えてみればまことに丈夫なものだ。二十年以上使っているのに、少しもくずれたりなどしていない。

辞書なくして私の生活はない。

新しい辞書

常に使っている国語辞典の表紙の背がはがれた。それでも日に何度もページを繰っていたが、傷ついたものを酷使しているようで痛々しくなり、新しい辞書に買い替えようと思った。

どれほど使ってきたのか、と奥付けを見ると、昭和四十年発行とある。新潮社刊のもので、小型であることにひかれて、発売されてすぐに買い求めた。

三十年以上も使ってきたことに、私は呆《あき》れた。買った頃は、私が文壇に出る直前で、現在まで書いてきた小説は、すべてこの辞書をひくことによって成り立ってきたのである。

辞書は頑丈きわまりないものであることは知っているが、よくもこれまでひんぱんな使用に堪えてきた、と感嘆した。

辞書と言うと、終戦前後の英語のコンサイス辞典のことを思い出す。煙草《たばこ》が配給制で、それも入手できなくなった。煙草は現在と同じように専売制であったが、葉煙草を栽培する農家からそれが闇《やみ》のルートで一般家庭にも流れた。葉をこまかく刻むが、それを巻く紙がない。だれが眼をつけたのか、小型の英和辞書の紙が最も適しているということになった。

たしかに紙は上質で薄く、それを紙巻き煙草の紙と同じ長さと幅に切る。これもだれが考えたのか、簡単な煙草巻き器があって、辞書の紙の上に刻んだ葉をのせ、それで紙巻き煙草が出来上る。

私が中学生時代に買った英和辞書の紙は、それに使われて煙草の煙とともに消えた。辞書はページ数が多いので、長い間煙草の紙に使われても十分に残っていた。

未成年の私は、むろん煙草とは縁がなかったが、紙巻き煙草に使われるのを見て、辞書というものは値段が安い書物だ、と妙なことを考えた。英語とその和訳がびっしりと印刷され、しかも紙は煙草に使われるほど質がいい、と思ったのである。

さて、新しい国語辞典を手にし、ふと思いついてマグニチュードという語をひいてみた。むろんのっているが、三十年使ってきた辞書にはのっていない。やはり辞書には、それなりの生命があり、新しいものに替えてよかったのだ、と思った。

古い辞書は焼却しようと考えたが、表紙のそり返った姿をみると、その気になれない。痛々しく、これまで長い間、小説を書く私を支えてきてくれたのだからと考え、書架の隅に置いた。

ファックス

私の家には、ファックス（ファクシミリ）がある。主として、小説や随筆を書いた原稿を、出版社や新聞社に送るのに使用している。

その装置を置かなかった頃は、原稿を編集者に手渡したり郵送したりしていた。編集者は渡された原稿を自分の命同様に考えているので、紛失するようなことはないが、出版社に郵送した原稿が行方知れずとなったことが何度かあった。とは言っても郵便局のミスではなく、出版社の中でどこかにまぎれ込んでしまうらしい。

連載小説を書いている時、編集者に原稿を渡すのが不安であった。人間は神様ではないのだから、乗物の中などに置き忘れたりすることは十分に考えられるし、途中で発病や事故に見舞われ、失うこともあるだろう。

一回分でも紛失してしまえば、連載小説の流れが中断し、書き直すことは不可能に近い。

失礼とは思いながらも、私は原稿を渡す時、

「落とさないでね」

と、思わず編集者に言ってしまう。

そのような私の不安を知った編集者が、ファックスを入れるようすすめた。

保守的な私は、原稿が電波で空中を飛んでゆくような装置など置く気になれなかったが、原稿を渡す不安が消えるのならば、と思い設置した。

編集者の中には、原稿そのものを直接受け取りたいという人もいて、その折にはまずファックスで送り、それが先方にとどいたのを確認してから、訪れてきた編集者に手渡す。

不安は全くなく、

「落とさないでね」

と言うこともなくなった。

建築家のOさんが来て、福井の知人から家内宛《あて》に送られてきたファックスの文面を見て、

「これは面白い」

と、言った。

文章のはじめに「おはようございます」と書いてあって、それから用件が記されている。手紙なら「おはようございます」などと書くことはないが、ファックスなら即時性があるので、このような文章が使える。

私も、なるほどと思った。ファックスの文章は、手紙と電話との中間にあって、私はあらためて興味深い装置だとファックスを見つめた。

鶏の鳴き声

「ニコライ遭難」という小説を書いていた時のことである。

その小説は、明治二十四年に日本を訪れたロシア皇太子ニコライが、琵琶湖畔《びわこはん》の大津の町を人力車で通過中、警備の巡査津田三蔵に斬《き》りつけられた、いわゆる大津事件を素材にしたものである。

ニコライは、長崎に入港した軍艦に乗って日本への第一歩をふんでいる。それは非公式のお忍び上陸で、連日、長崎の町の中を人力車に乗ったり、歩いたりして、買物などをした。

四日目には、夜、ロシア料理店に行き、午前三時四十分頃、迎えのボートに乗ってロシア艦「アゾヴァ号」にもどっている。

私は、その部分の描写を「短艇が『アゾヴァ号』の舷側《げんそく》についたのは、午前四時をすぎていた」と記し、その章の結びとした。

翌日の夜明けに眼をさました私は、その文章の一行分が不足しているのに気づいた。ボートが「アゾヴァ号」にむかっていた時刻はまだ夜の闇が濃く、町から鶏の声がしきりにきこえていたはずである。いや、まちがいなくそうであったにちがいない。

私は、朝起きると書斎に入り、「海岸からは、鶏の鳴く声がしきりであった」という一行を書き足した。

ふと、私は、都会から鶏の鳴き声が全く消えているのに気づいた。

少年時代というと終戦前のことになるが、東京の下町に住んでいた私は、夜明けに遠く近く鶏の甲高い鳴き声をきくのを常とした。最初に鳴くのが一番鶏《どり》、次が二番鶏、三番鶏などという言葉もあった。私の家でも数羽の鶏を飼っていて、産んだばかりの温かい卵をつかんだ掌《てのひら》の感触をおぼえている。

鶏の鳴き声が都会から消えたのは、いわゆる近所迷惑だからである。眠りを破られる人から苦情が持ち込まれ、それがわずらわしく飼うのをやめたのだろう。

鶏を飼うのは、値段も高かった卵を得るためであったが、現在では大量生産方式で卵は安く入手できる。世話が大変な鶏を飼う必要はなくなったのである。

私は、夜明けに鶏の鳴く声を少年時代耳にした記憶によって、章の終りに一行書き足したのだ。

町なかで鶏の鳴き声をきいたことのない若い作家は、そのような一行を書き加えることはしないだろう。年をとるのも悪くはない、と、その一行を見つめながら思った。

困った

「落日の宴」という幕末の勘定奉行川路聖謨を主人公とした小説を書いている時、困ったことが起きた。

川路には聡明《そうめい》な長男がいたが、若くして病死し、その子、つまり孫を家督相続者とした。

川路は五十八歳で、妾《めかけ》を持っている。かれの妻は、孫が長男と同じように死にでもしたら、家が断絶すると憂《うれ》え、川路に妾を持たせ、男子を得ようとしたのである。このようなことは常のことであった。

当時のしきたりでは、妻が、秀《すぐ》れた娘を妾にえらんで夫にすすめた。良い後つぎの男子を得ようとしたからである。

武家は外泊できぬ定めになっていたので、妾は自宅に住まわせた。いわゆる妻妾《さいしょう》同居というわけである。

武家の妾について私の知っている知識は、このあたりまでであった。

さて、小説で妻が川路に妾をもつことをすすめる場面に筆が及んだ。

川路の前に坐《すわ》った妻が、孫が死ぬのではないかという不安を口にし、自分は三十六歳で川路に嫁ぎ、男児をうみたいと願っていたが、それもかなわず五十六歳になってしまったと詫《わ》びる。

その上で、良い娘がいるので妾にして欲しい、と言う。

困ったというのは、妻が川路にその娘を妾にして下さいと懇願する言葉で、果して当時、「お妾」という言葉を勘定奉行の妻が使ったのかどうか。

現在でも、ある男の妾である女性を、かげでは「彼女はかれの妾でね」などと言うが、本人の前では「愛人」などと婉曲《えんきょく》に言うのが常である。

当時、妾という言葉にはさげすみの意味は薄かったものの、余りにも直接的で、なにか別の言い方があったのではないか。

私は、それを知るために江戸時代の武家、町人の妾について造詣《ぞうけい》の深いと思われる研究家に教えを請《こ》うた。私の記憶では、六名の方に直接会ったり手紙や電話でたずねたりした。

　しかし、その方たちは、一様に首をかしげ、知らぬと答えた。当時の人の会話をきいていないのだから、当然ではある。が、なにかその頃書かれた物語の中の会話に、それと同じ場面があったのではないか、と思ったのだが、そのようなものを眼にしたことはないと言う。

　だれも知らぬということは、自分の思う通りに書けばよいということにもなり、それで私は、「その娘をお妾としてお抱え下さい」と書き、しばらく原稿用紙の文字を見つめていた。なんとなく異和感があり、それで「お妾」を「側女《そばめ》」と書き改めてみた。

　初めからちらちら考えていた言葉で、それは落着きがあって、会話の文章の中にとけ込んでいた。

　単行本になって読み返した私は、川路の妻は、まちがいなく「側女」と言ったにちがいない、と思った。

秋田県酒田港

　作家の椎名誠さんが編集長をしている「本の雑誌」のコピーを、親しい編集者が送ってくれた。

その雑誌に、Sさんという読者が投書を寄せていた。内容は、私が書いた長編小説「海の史劇」に、軍艦が「秋田県酒田港から出港した」という記述があるが、酒田は山形県で、あきらかなまちがいである。

「(吉村)氏が地図をちょっと確かめればこのような間違いは無かった筈《はず》なのに、それ以来氏の作品を半信半疑で読む癖がついてしまった私をどうしてくれるんだ」

次の号では、この件について雑誌の編集部が徹底調査した結果を、二ページにわたって記事にしている。それによると、「海の史劇」の単行本にも文庫本にも、酒田港うんぬんの記述がないという。

そのうちにSさんから雑誌の編集部に手紙が来て、酒田港うんぬんと書いてあるのは他の作家の小説で、Sさんはすっかり恐縮して「今はただ吉村先生からの抗議を恐れるばかりである」と書かれていたという。

このような投書があれば、むろん私は釈明するが、抗議などするはずがない。なぜなら、細心に小説を書いてはいるが、誤記することがないとは言えないのを、十分に知っているからである。

私は、Sさんの投書に、あらためて心して小説を書かねばならぬと自らをいましめた。

闇《やみ》の中

読者の顔は、濃い闇の中に埋れていて見えない。

小説が単行本として出版される時、どのような人がお金をはらって買ってくれるのか、想像もつかない。買い求めてくれる人などいないのではないか、と不安になり、そのため、初版部数をなるべく少くして欲しい、と出版部の担当者に言うのが常である。

初版部数が少ければ、それだけ二刷りの機会が多くなるはずだ、と素人《しろうと》なりに考え、二刷りの連絡をうけると、出版社に迷惑をかけずにすんだ、と安堵《あんど》する。

読者の顔は見えないが、過去に書店で私の単行本を買う人を二度見た。一人は三十歳ほどの会社勤めをしているらしい男性で、他は六十年輩の白髪の人であった。

私は、体をかたくして、茫然《ぼうぜん》とその人たちが勘定場でお金をはらうのを見つめていた。羞恥《しゅうち》に似た感情で、そんなものなら私の家にありますから差し上げます、と声をかけたいような思いであった。

私は、二人のまぎれもない読者の顔を見たのだが、出版社経由や直接私の家に送られてくる手紙で、闇の中にひそむ読者の存在を知る。その手紙の三分の二は、私の小説に対する感想で、他は、私の書いた小説の記述の誤りを指摘するものである、と言っていい。

或《あ》る人は、私が単行本を出す度に、必ず誤りを指摘する葉書を送ってきた。誤植にかぎられていて、ルビの誤りからページ数の数字の誤りまで、こまかい字で書いてくる。私は、礼状を書き、出版元に訂正を依頼する。いつしか単行本を出す度に、その人の葉書を心待ちするようになり、送られてくる葉書を読むのが楽しみであった。

そんなことが数年つづいたが、急に葉書が来なくなった。恐らくその人に不幸なことがあったにちがいない、と淋《さび》しい思いであった。

歴史小説の単行本を出すと、誤りを指摘する読者の手紙が多く送られてくる。その指摘が当を得ていないものもあるが、読者の方が正しい場合もあり、いわば私の負けである。時代によって変る地名、川の名など、その地に住む人の指摘であるだけに、私は降参する。

日本海海戦を小説に書いた時、軍艦が左に急回頭した描写で、甲板は左に傾いたと書いたが、読者から右に傾いたと書くべきである、という手紙をいただいた。送り主は、旧海軍の水兵であった人である。

私は、テレビで観《み》た競艇のレースの場面を思い起した。たしかに艇が折返し点を曲る時、艇は曲る方向とは逆の方に傾斜する。遠心力によるもので、艦の甲板も、指摘された通り右に傾く。海軍に所属したこともない私の、あきらかな誤りであった。

このように常に誤りを指摘され、その度に礼状を兼ねたお詫びの返事ばかり書いているので、時には、読者の指摘の方が誤りであると返事に書いてみたい、という、まことに稚《おさな》くさもしい気持になり、一つの試みをした。

「ふぉん・しいほるとの娘」という小説を雑誌に連載した時、シーボルトの愛人である遊女の其扇の名に、「そのおおぎ」というルビをふった。

史書には其扇を「そのぎ」としてあって、放送番組でもそのように言っている。しかし、長崎の著名な史家古賀十二郎には「そのぎ」か「そのおおぎ」かという研究論文があり、其扇の名が平仮名で書かれているものを証拠に、「そのおおぎ」が正しいと断定している。

なぜ、「そのぎ」という呼称が一般化したかと言うと、シーボルトの手紙にSONOGIと記されているからである。其扇は本名お滝で、シーボルトは「おたくさ」と呼び、それと同様に「そのおおぎ」を「そのぎ」と呼んでいたのである。

「そのおおぎ」とルビをふった雑誌が発売されると、たちまち数多くの読者の手紙が編集部に殺到し、それが私のもとに回送されてきた。「そのおおぎ」は誤りで、「そのぎ」とすべきであるという。

私は、それらの手紙の送り主に「そのおおぎ」が正しい理由を克明に説明した返事を書いたが、手紙は後から後からつづいて来て、返事を書くことに音をあげ、説明文をコピーして送った。

私は疲れたが、このように多くの人が私の小説を読んでくれているのかと思い、嬉《うれ》しかった。ルビをふったことで、闇の中で見えなかった読者の顔をはっきりと見たのである。

その時から、私は、闇の中にひそむ読者の存在を確実に知るようになった。私の書いたものを、じっと見つめている読者がいて、それにおびえに似たものを感じている。

読者は、一人の作家の書いたものを好んで読みつづけていても、或る作品に失望すれば、二度とその作家の作品を読むことはしない。それは、私の読書歴からも言えることで、当然のことである。

自分では一作一作に全力をかたむけてはいるが、駄作も多いはずで、読者の顰蹙《ひんしゅく》を買っていることはまちがいない。

たとえ非力ではあっても、私は書くことに力をつくし、ただそれだけでよいのだ、と自らを慰めている。

Ⅱ　言葉を選ぶ

名刺

私も人並みに名刺を作って持っている。

歴史小説の資料収集や特殊な体験をした人の話をきく時、名刺を差し出す。しかし、私の名刺には、姓名と住所、電話番号が印刷されているだけで、肩書はない。

名刺は、元来、その人がどういう人物かを初対面の人に知ってもらうためのものである。肩書によってそれを知るわけで、肩書のない名刺は名刺ではないのだろう。

地方に行って人に会い、名刺を渡すと、裏返す人がいる。裏に肩書が刷ってあると思うのである。

たしかに納税の申告の折には、申告書の職業欄に作家と書くが、名刺の肩書に作家と印刷する気はない。名刺と同じように、旅に出てホテルに泊まる時も、宿泊用紙の職業欄の個所はいつも空白にする。

なぜか。

一言にして言えば、気恥ずかしいのである。果たして公然と作家だと言える身であるのだろうか、という気持ちが根強く胸にひそんでいる。私だけではなく、小説家は一つの作品を書き上げた時、それに満足せず、次の作品こそすぐれた作品にしたいと願う。いわばいつも満足すべき個所にたどりつきたいと、荒野の中の道を一人とぼとぼと歩いているようなもので、作家であると胸を張って言える気にはなれないのである。

人相

「街のはなし」という随筆集を出し、週刊誌の記者から、それについてのインタビューを受けた。

掲載誌が送られてきて、インタビュー記事を読むと、随筆集の紹介の後、私の印象について、「応接間でなごやかにお話を伺っていなければ、ちょっとそちら関係の方のような印象を持つ人もいるかもしれない精悍《せいかん》な風貌《ふうぼう》」と、書かれている。

そちら関係とは、どちら関係なのか。

四十代後半から、私はしばしば警察関係者とまちがわれることが多くなった。小説の資料収集で一人で旅をし、小料理屋やバーに入ると、「警察の方ですか」などと言われる。温厚きわまりない性格だと思っているのに、それが顔に現われていないのか、とがっかりする。

初めて足をふみ入れた街などで、ネオンがぎらぎら光っている道を通らねばならぬ時、入口に立っている若い男に声をかけられたことは一度もない。かれらは視線をそらすか、店の中に入ってしまう。

しかし、年齢を重ね、ようやく私も柔和な顔になったのだ、とうれしくなる出来事があった。

家を出て駅に行くため、近くの井の頭公園の橋を渡りはじめた。その時、二人連れの若い女性から親しげに声をかけられた。私としては初めてのことであった。

女性はカメラを持っていて、私に撮って欲しいと言う。

「はい、はい」

私は応じ、カメラのレンズを向けた。

彼女たちは、蟹《かに》のはさみのように指を二本立てて首をかしげ、私はシャッターボタンを押した。

ようやく人並みの資格を得た思いで、私は宙をふむように橋を渡った。年をとることは良いことだ、とも思った。

それから半年ほどして、私は公園の池ぞいの道を駅にむかって歩いていた。前方に二人の女性がそれぞれ子供を連れて歩いていて、四、五歳の男の子が振り向き、私に視線を向けると、

「こわい顔の人がくるよお」

と言って、母親にしがみついた。

にこやかな顔になっていると思っていた自信は、無残にも打ちくだかれた。このような場合、どのような表情をして歩いてゆけばよいのか、甚《はなは》だむずかしい。優しいおじさんなんだよ、と急に笑顔になるのも、わざとらしくて不自然である。

私は、池の方に視線をむけ、なるべくその母子《おやこ》たちと距離を置くようにして、彼女たちの傍らを通り過ぎた。

小説のことなど考えながら歩いている時、私の人相は悪くなるのか。その後、私は、口もとをゆるめながら歩いている自分に気づくようになった。

ハイカン

井の頭公園に接した地に移り住んだのは二十五年前で、夕方になると公園を横切って

吉祥寺の町に飲みに行く。

「かつら」というなじみの大衆的な料理店があって、そこで編集者と待ち合わせて杯を手にすることが多かった。

十年ほど通った頃、店主が私の傍らにひざを突き、

「今度店内改装をするのだけれど、手洗いの配管をやってよ。なじみのお客さんに頼む方がいいから……」

と、言った。

私は風貌が小説家らしくないのか、今まで小説家に見られたことは一度もない。刑事、土木業者、工務店主等々。そのようなことになれているので、

「ちょっと、今その方面のことはしていないので……」

と、私はことわった。

「そうなの。それじゃ仕方ない」

店主は、傍らをはなれていった。

呆気《あつけ》にとられていた編集者は、私が配管業者にまちがえられたことに眼に涙をにじませて笑いつづけた。

その後、店主は私が小説を書く身であることを知ったが、私が飲みながらハイカン、ハイカンと言っていたのを耳にして配管業者と思い込んだのだという。

ハイカン？　なにかの雑誌が廃刊になることでも口にしていたのだろうか。

呼吸音

私の家は広大な公園に接していて、庭のフェンス越しに公園を散策している人の姿が見える。犬を散歩させている人も多く、その中に綱をとって二頭の白い犬を散歩させている男がいる。

二匹と書かず二頭と書くのは、犬が大きいからである。犬についての知識に乏しい私は、それがなんという種類の犬か知らないが、体がほっそりしていて顔が驚くほど長い。

その犬を眼にする度に、十数年前に或《あ》る人の家に行った折のことが思い出される。或る人とは江戸時代の宗教史の研究者で、小説を書く上で御教示を得るためにうかがったのである。

庭が雑草におおわれた和風建築の古い家で、私は座敷に通され、和服を着たその研究者と向い合って坐《すわ》った。

座敷に犬が入ってきて、つづいてまた一頭。いずれもぎくりとするような大きな犬で、公園を歩いている犬と同じ種類の犬である。

私は、その大きさに驚いたが、一頭が近づいてくると、ほとんど体を接するように私の左側に坐った。優しい眼をしているので嚙《か》みつかれるような恐れは感じなかったが、なんとなく落着かない。

来訪者の横に坐るのが犬の習癖なのか、研究者は少しも気にかける風はなく、資料を前に話しつづけ、私もそれをメモしていた。

そのうちに、犬が長い顔を曲げて私の顔をのぞき込むように見つめた。近くにある犬の顔を私も見たが、犬はなにが気になるのか、私の顔に視線を据えたまま動かない。教えを請《こ》いに訪れてきているので、研究者の手前、体を動かすこともできず、私は犬に見つめられたままメモ帳に万年筆を走らせつづけた。

座敷の隅にいたもう一頭の犬が静かに近寄ってくると、私の右側に坐り、私は二頭の犬にはさまれる形になった。後からやってきた犬は、前方に顔を向けている。

一応、研究者の話が終り、私はメモ帳を紙袋におさめ、手をついて礼を言い、腰をあげた。

玄関の敷台に立つ研究者の両側に犬が坐り、私は犬にも見送られるようにその家を辞した。

公園を歩く大きな犬を見ると、いかにも大人しそうで、ゆったりと歩いている。人なつっこい性格で、研究者の家の犬は、淋《さび》しさから来訪者の傍らに坐るのを常としていたのだろうか。

　私は、今でも近々ときこえていた犬の呼吸音をおぼえている。

鳥　肌

　テレビを見ていると、芸能人などが、よく「鳥肌が立つ」という言葉を使う。その言葉の本来の意味をとりちがえているらしい。

「鳥肌が立つ」とは、「総毛立つ」と同じで、激しい恐怖を表現する。いわゆる、ぞっとするというやつである。

　鶏の毛をむしると、ぶつぶつした肌があらわれる。恐怖をおぼえると、肌がそのようになるという、なかなか巧みな表現である。

　ところが、芸能人は、たとえば美空ひばりが重病におかされながら舞台に立ち、歌を何曲も見事にうたう姿に、「本当に鳥肌が立った」と、言う。その場合の「鳥肌が立つ」とは、感動したという意味のようだ。じーんとしたということを言いたいらしい。

　本来の意味からすれば、うたう美空ひばりの姿にぞっとした、と言うことになり、失礼この上ない。

テレビで芸能人がそのようなことをしばしば口にすると、テレビを見ている人の中には、「鳥肌が立つ」とは深い感動をあらわす言葉だと思いこむ人もいるだろう。テレビの影響力は大きく、それが日常語として使われるようになるかもしれない。そうなったら、それこそ鳥肌が立つ思いだ。

美人

新聞記事にも、歳月の流れで移り変わりがあるようだ。

夫が妻を殺害した、一家心中があったなどという出来事に、現在では新聞にその原因がはっきりと書かれている。が、以前は、それらの出来事の内容を記した後に、

「複雑な事情があるらしい」

と、むすばれているのが常であった。

この文章は、なかなか味わいがある。そうだろうな、複雑な事情があったのだろうな、と読者はあれこれと想像する。はっきりとした原因が書かれていなくても、読者はそれで納得するのである。

終戦前の新聞では、美人という表現が多用されていた。

たとえば、美人の人妻自殺、美人女給殺さる、といったたぐいである。事件に関与した女性は、新聞紙上ではおおむね美人で、それは読者の関心をひく常とう手段であったのだろう。

年配の新聞記者からきいた話だが、「美人の首なし死体発見」という見出しの記事もあったという。首から上方がなくて、なぜ美人とわかるのか。

それでも読者からは、別に抗議もなかったという。

なんとなくほほえましい話である。「複雑な事情があるらしい」というような、物事を割りきらぬおおらかさも必要である。

積雪二〇センチ

私の家に家事その他をしてくれている若い女性がいるが、夕食をとっている時、突然、笑い出した。テレビの天気予報が、明日の東京地方は積雪二〇センチが予想され、大雪警報が出されている、と報じている。

彼女が笑い出したのは、故郷が雪国だからで、雪が二メートルも積り、二階から出入りする冬もある。わずか二〇センチで警報が出されることが可笑《おか》しいと言い、私たち家族も、誘われて笑った。

翌朝、私は六時に起き、タクシーで羽田空港にむかった。九州の久留米市の図書館から講演を依頼され、前日に飛行機で福岡に入る予定にしていたのである。

予報通り雪が降りはじめていて、タクシーは高速道路を走り羽田についたが、雪は激しくなっていて、離陸する機はない。私は九時四十五分発福岡行きのジェット機に乗るはずで待っていたが、正午すぎに全便欠航がアナウンスされた。

新幹線で行くことも考えたが、不通になっているとのことで、やむなく旅行を断念し、モノレールと電車で帰宅した。

その夜のニュースでは、東京地方は積雪三〇センチに達し、二十五年ぶりの大雪で、滑って怪我《けが》をした人が二百人近くもいると報じ、またも彼女は笑った。

翌朝は晴天で、私は再び羽田へ行った。空港の搭乗手続の受付に行くと、出発がおくれる予定なので待っていて欲しい、と言われた。

滑走路は除雪されているらしく離陸する機もあって、私は椅子《いす》に腰かけて待っていた。が、乗客や手荷物を運ぶ車が雪のため、動きがさまたげられている由《よし》で、正午になっても出発のアナウンスはない。午後三時からの講演会に間に合わぬことが確定的になったので図書館に電話をかけると、事情を知っている図書館側は、困惑しながらもくるだけは来て欲しい、と言う。

出発のアナウンスがあったのは午後二時すぎで、ゲートをぬけようとすると、私一人押しとどめられた。朝、搭乗手続の受付に行ったことで受付はすんだと思っていたが、いつの間にかキャンセル扱いになっていて、空席待ちの人に私の席があたえられていた。むろん満席で、やむなく私は図書館に電話で事情を話し、帰途についた。

講演会に集って下さっただろう方々に申訳なく、夕方、帰宅すると図書館長に詫《わ》び状を書いた。

二日間むなしく羽田に通ったわけだが、わずか三〇センチの積雪でも、私にはまさに大雪であった。

ポット

ある雨の夜、帰宅して折りたたみの傘を洋室の隅に置き、娘に、

「蝙蝠《こうもり》をそこに置いたから、明日ひろげて乾かして……」

と、言った。

娘はどきりとしたように、部屋の隅を見つめた。薄気味悪そうな表情をしている。

そうか、と私は胸の中でつぶやき、思わず笑った。娘は、動物の蝙蝠と思いこんでい

る。

昭和ひとけた生まれの私は、洋傘を蝙蝠傘または蝙蝠と呼んだ。傘には和傘と洋傘があって、洋傘は蝙蝠傘という名称であった。色が黒く、形が翼をひろげた蝙蝠に似ているからである。

幕末にアメリカ使節ペリーが来航し上陸した時の情景を或る画人が写生しているが、そこに洋傘が描かれ、「……色黒くして蝙蝠の如《ごと》く見ゆ」と説明文が添えられている。

その後、洋傘は蝙蝠傘と呼ばれるようになったが、現在では単に傘と呼ぶ。

魔法瓶は明治初期に輸入されたが、「冬は湯をさまさず、夏は氷をとかさぬ」便利な物とされた。その驚きが「魔法」という表現になっている。

しかし、現在、魔法瓶は衰弱語で、ポットという。相変わらず魔法瓶と言っている私は、古老の域に入ったか。

誤　配

ある日、家に送られてきた郵便物のなかに、誤配された茶封筒があった。差出人は著名な大学で、あて名の番地は私の家の近くだが、氏名は知らぬ人であった。

入学試験たけなわの頃で、速達便になっていることから、封筒に試験合格の通知が入っていると直感した。

その直感が、まちがいのもとであった。私は、受験者もその家族も一刻も早く合格通知を手にしたいだろう、と考え、封筒を手に家を出ると番地をたよりに探して歩いた。その家は、私の家から二百メートルほどの所にあり、出てきた主婦に誤配されてきたことを述べて、渡した。

私は、いいことをしたと思ったが、事実は逆であった。

翌日、郵便局の本局から二人の人がわが家に訪ねてきた。局員の話をきいた私は、茫《ぼう》然《ぜん》とした。

私が封筒をとどけた主婦は、郵便局に激しく抗議した。封筒の中には私が察した通り合格通知が入っていたが、他家に配達したのはけしからぬという。局員は、その家に行って詫《わ》び、私にも申し訳ないと言いにきたのである。

詫びるのは私の方であった。誤配された郵便物を、ポストに入れればなにごともなかったのである。人間、神様ではない。誤配することだって時にはある……と、なにか釈然としない思いであった。

まんず

東京から以西の人は、東北地方の人に暗いという印象を持っているのではないだろうか。しかし、私がみるところでは、東北地方の人は明るい性格の人が多い。その証拠には講演会の聴衆の反応がある。

私などは講演が不得手だが、聴衆の表情は豊かで、少しでもユーモラスなことを口にすると、大いに笑う。ありがたい人たちだ、と私も愉快になる。

秋田に「秋田音頭《おんど》」という民謡がある。歌詞はエロチックきわまりないものだが、ユーモアにみちていて思わず笑ってしまう。後味がさっぱりしていて、これは秋田県人に根強くしみこんでいる上質のユーモアの産物なのだ、と思う。

東北地方のバスや支線のジーゼルカーの中で耳にする人たちの会話をきいていると、私はおかしくてならない。それらの中年、老人の人たちの交わす会話には巧まざるユーモアがあって感嘆する。

岩手県の海浜の村で、村役場の人と小学校の教頭が道ですれちがうのを見た。

一人が「まんず」と言い、他も「まんず」と言って別れてゆく。

「まんず」とは「まず」で、多くのことをふくんだ言葉なのである。

私は、そのさりげない挨拶《あいさつ》にしゃれたユーモアを感じて頰をゆるめた。

香典

知人の夫人が死去したという連絡があり、翌日の葬儀に赴くことになった。香典袋を用意したが、家には新しい紙幣がなく、ちょうど街に出る都合があったので銀行に寄った。

顔見知りの若い行員がいたので、香典に使うので新しい紙幣が欲しい、と言った。

かれは紙幣を用意してくれたが、

「香典に新しい紙幣を、ですか」

と、いぶかしそうな表情をした。

かれが両親から言われているのは、お祝いごととちがって、用意した新しい紙幣を香典に使うのは、その人の死を待っていたようでよろしくないという。

なるほどそうかもしれない、と私は帰宅してから、「葬儀、法要の知識」という小冊子を開いてみた。

「香典」の欄に紙幣は「なるべくしわのないもの」と書かれ、「銀行などで真新しい紙幣にかえてもらうとよい」と記されている。

しかし、私は、大学を出たばかりの行員の言葉にこだわった。かれの言葉の調子では、両親はかたい信念のもとにそれをかれに伝えたことが感じられる。

親は子供に仕来《しきた》りというものを教え、子供はそれを守る。学校では教えぬことで、親から子供への伝授は貴重である。

私は今後、香典には「なるべくしわのない」紙幣を使おうと思っている。

まちがい電話

電話がかかってきて、受話器をとると、

「××さんですか」

と言う女性の声がした。

まちがい電話なので、その旨《むね》を伝えると、失礼しましたと言って電話が切れた。

私は受話器を置いたが、その声にはききおぼえがあった。家内と親しい女性の声で、よく電話がかかり、私も電話口に出るのでその声は知っている。

彼女は、他の家に電話をかけようとし、まちがって電話のメモ帳にある家内の電話番号にかけたのである。

私は、空恐ろしさを感じた。もしも私が、

「ちがう、ちがうよ」

などと言って、荒々しく電話を切ったら、私をたけだけしい男と思うにちがいない。いつもと異なる印象を受け、私を二重人格者だとも思うはずである。

電話は、相手の顔が見えぬだけに恐ろしい。声はその人の顔でもあり、人柄でもある。

大会社にまちがって電話をし、失礼しましたと言うと、どういたしまして、と答える。まことに丁寧で、そのような教育を受けているのだろう。

人はだれでもまちがい電話をかける。

相手がお話し中で、ふと気づくと自分の家の電話番号にかけていた。お話し中であるのも当然だった。

受話器

今は故人となったが、ある小規模の出版社の社長と電話で話し合う度に、気にかかることがあった。礼儀正しい方で、言葉づかいも丁寧なのだが、電話で話し終えた後、

「それでは……」

と言った直後に、電話を切る。

用件もすんだのだからいいわけだが、ガチャリと受話器を置く音がすると、「それでは」の後にせめて「失礼します」などというひとことが欲しい気がする。

しかし、かれの電話のガチャリをきく度に、私自身も同じようなことをしているのではないか、という恐れに似たものを感じた。せっかちな性格なので、私もガチャリをやっているような気がしてきた。

それでだれかと電話をする時、相手が受話器を置く気配を耳にしてから、ゆっくりと受話器を置くように心掛けるようになった。

高校の教師をしている、学生時代の後輩に電話をかけた。話し終えた後、私はかれが受話器を置く気配を待った。が、いつまでたってもその気配がない。

長い沈黙があって、私はおそるおそる「もしもし」と言ってみた。「はいはい」というかれの応ずる声がした。こういう癖の人もいるのである。

私は、

「受話器を置きます。それではさようなら」

と言って、ゆっくりと受話器を置いた。

もしもし

妙なことが気になった。

電話をかけて相手が出た時、なぜ「もしもし」というのか。

アメリカ人のアレキサンダー・グラハム・ベルが電話機を発明したのは一八七六年(明治九年)で、翌年には日本にも導入されて宮内省に架設され、ついで諸官庁の間に備えつけられたという。

なにごとも、最初の習慣がそのまま長くひきつがれるものであるから、「もしもし」もそのころ誕生したと考えるべきである。

「もしもし」は、「申し申し」であることはまちがいない。申し、とは、人に呼びかける折の言葉である。「申し申し、そちらを行かれる人」と、言った具合である。

最初に官庁に架設されたというから、相手が電話に出た時、役人が「申し申し」とあたかも通行人に呼びかけるように相手の役人に言ったのだろう。

その言葉には、明治初期の匂《にお》いが感じられ、それが現在まで「もしもし」としてつづいているのは、なんとなくほのぼのとした思いがする。

電話機も壁掛けから卓上へと変わってきている。

小説で電話をかける描写をする時、「受話器を手にしてダイヤルをまわし……」と書いていたのを、今では「プッシュボタンを押し……」と書かなくてはならない。

句会

二十年ほど前から、隔月で句会をもよおしている。編集者五名、画家一名、私と家内の八名で、編集者の一人は俳誌を主宰している俳人だが、ほかは素人《しろうと》である。

先日の句会での席題は「陽炎《かげろう》」で、私は、

「陽炎に　狐《きつね》ふりむき　消えにけり」

という句を作った。

この句に、二人が点を入れてくれたが、俳人をはじめ五人には無視された。

私の句などはこの程度なのだが、句会に出席するようになって私なりの貴重な教訓を得ている。つまり、人によって好みが異なり、私の句を二人が点を入れ、五人が駄句としたことが面白い。

小説などでも、ある作品を傑作と思う人もいれば駄作と思う人もいる。それは読む人の生まれつきそなわった観賞眼によるもので、その人の素質なのである。

世に名作と呼ばれる作品に少しの感動もおぼえぬ場合、自分の観賞眼が低いなどとは決して思わぬことだ。自分の個性とは相いれぬものと考えるべきである。

島崎藤村の代表作「夜明け前」、夏目漱石の諸作品などは名作として激賞されているが、私の胸の琴線にはふれてこない。私には、他の作家の作品に感動するものが多々あり、それは私の生まれつきの個性なのだから仕方がない。

銘木

親しい建築家のOさんが、こんな話をした。

大企業に勤める人から家の建て替えを頼まれたOさんは、完全な洋風にしたいという希望に従って設計図をひき、旧家屋をこわして新築した。

会社の人や知人を招いて小パーティーもできるようにということで、一階の部屋を広くし、部屋に即した洋風の家具もそろえた。設計を依頼した主人はもとより夫人も大いに満足し、Oさんは面目をほどこした。

半月ほどした頃、夫人から電話がかかってきて、御足労だが来て欲しい、と言った。暗い声であったので、なにか支障が生じたのかと、早速行ってみた。

「これなんですよ」

夫人は指さした。頑丈な包装が解かれていて、中から大きな銘木がのぞいている。地方に住む夫の老いた父が、家を新築したことを知って祝いに送ってきたのだという。

Oさんはうーんとうなったまま言葉もなかった。夫人が夫の会社に電話をして銘木のことを告げると、夫も弱り切っていたという。

「いったいどこへ置けばいいんでしょうか」

夫人は、広い部屋を見まわして嘆息した。

夫人としてみれば、義父がせっかく送ってきたものを、他の人に譲ったりして処分するわけにもゆかず、夫にしても同様である。

「お義父《とう》さんは、時折り上京してくるんですよ。その時、これがなかったら、あれはどうした、とおっしゃるでしょう」

夫人の言葉に、Oさんは、銘木を部屋の隅にでも置いて、洋風の柄の布をかぶせ、義父が来た時だけ布を取り除く以外にない、と言った。Oさんにしても、設計した部屋にそぐわない物を飾られるのはいやであった。

半年ほどした頃、夫人から電話があった。

主人の知り合いである外国人夫妻を二組招いてパーティーを開き、その折、外国人が部屋の隅に布をかぶせられた物があるのに眼をとめ、布を除いた。

外国人たちは銘木を珍しがり、インテリアとして素晴しいと激賞した。決してお世辞ではなく、食事をしている時もしばしば眼を向け、帰る時は銘木に寄り集まって賛辞を口にしながら手をふれていたという。

「どうしたものでしょうね」

夫人は、言った。

Oさんは答えた。洋風の部屋に蛇の目傘を開いて立てたり船簞笥《ふなだんす》を置くと、それが部屋の良いアクセントになる。外国人はそれと同じように思い感嘆したのでしょう、と。

「本当にそう思ったのですか」

私は、Oさんの表情をうかがった。

「とんでもない、困りますよ。ふだんは布をかぶせておいた方がいいでしょう、と言っておきました。でも、銘木を置いておくことが親孝行になるのですから、それはそれでいいんでしょう」

Oさんは、少ししんみりした口調で言った。

テレビのコマーシャル

民放のテレビ番組にチャンネルを合わせれば、必然的にコマーシャルを観《み》ることになる。

私は、コマーシャルを漫然と眺めている。

コマーシャルによって、その商品が爆発的に売れることもあるという。企業の広報担当者は、むろんそれを願って、あれこれ頭をひねり、コマーシャルを作っているのだろう。

美しい画面で商品の紹介も手際《てぎわ》よく、観ていて楽しいコマーシャルがある。質の高いユーモアがあって、何度観ても頰をゆるめるものもある。

その反面、夕食時に、トイレ関係のコマーシャルが映し出されることもあって、他の時間帯に移せばよいのに、と視線をそらせたりする。

消費者に親しんだ商品を市場に出している企業のコマーシャルは、概して秀《すぐ》れ、安心して観ていられる。それだからこそ、商品も売れているのだろう、と納得する。

しかし、思わせぶりな画面がつづき、結局、なにを宣伝しているコマーシャルなのかわからぬものがかなりある。

内情は知らぬが、コマーシャル作成費とテレビ局に企業が支払う金額は、かなりの額であるにちがいない。そのような支出をしながら、肝腎《かんじん》の商品紹介が消費者に伝わらないのでは、まさに金をドブに捨てるようなものである。

これは、コマーシャルの作成にたずさわる人たちが、芸術家気取りになっているからではないのだろうか。理解に苦しむものが芸術である、と錯覚し、商品紹介とは縁遠いコマーシャルを作り、自己満足しているのだろう。その商品を製造・販売している会社の経営陣は、大いに不満をいだきながらも、芸術性の高いものだという作成者の言葉に口をつぐむ。

反対すれば、芸術がわからぬと思われ、それを恐れて口出しすることをしないのではないのだろうか。

芸術性のあるコマーシャルは、むろん観る者に快感をあたえ、紹介される商品に好感もいだく。が、コマーシャルはあくまでも経済的行為で、端的に言えばこの商品を買って下さい、と訴えているのである。

経営陣に加わっている人たちは、確固とした自信を持っていなければならない。経営の手腕を持っていなければならぬことはもとよりだが、高い教養を身につけている必要がある。音楽を好み、美術館に足をむけ、読書に親しむ。それがその人の人間性を豊かなものにし、ひいては経営上にも好ましい結果をあたえる。

このような経営者は、自社のコマーシャルを作成する人たちが、芸術性が高いものなのだ、と主張しても、一言のもとにはねつけるにちがいない。芸術とは別個のものであることを知っているからである。

私は、そんなことをぼんやりと考えながらテレビのコマーシャルを眺めている。

朝の目ざめ

寝室の枕《まくら》もとに、目ざましのついた置時計がある。十数年前、ある出版社のお祝いがあって、その記念品として贈られたものである。小型の電池二個で針が動くようになっていて、少しの狂いもない。

毎朝八時十分に目ざましが鳴る。音楽をふくめて三種の音がするようになっていて、いずれも柔かな典雅な音色である。

昨日の朝は七時すぎに目をさまし、そのままベッドに身を横たえていたが、八時をかなりすぎても目ざましが鳴らない。眼をむけてみると、針が動いていない。電池が切れたにちがいないと思ったが、そうではなく時計そのものの故障であるのを知った。

昼食後、建築家のOさんが遊びに来た。かれは驚くほど知識が豊かで、その上器用でもあり、家内は家屋のことをはじめあらゆることを相談し、頼りにしている。

不調になったハンドバッグの留め金や鎖のはずれたネックレスまで持ち出し、Oさんはそれらを立ちどころに修理してくれたりする。

早速、家内が置時計を持ち出し、

「時計屋さんに修理に出そうと思うのですが……」

と、言った。

Oさんは、今は時計が安く買え、かえって修理代の方が高くつく、と言い、

「修理の初歩は、たたくことなんです」

と言って、時計をたたいた。

しかし、針は動かず、Oさんがさらにたたきつづけると、驚いたことに秒針が小刻みに動きはじめた。

少年時代、音の出なくなったラジオをたたくと音が出た。いかに家庭用機器が発達しても、Oさんの言うようにたたくことが修理の初歩であるのかも知れない。

それらの機器を買うと、使用上の注意というパンフレットが添えられている。落したり衝撃をあたえてはいけません、と記され、そこに朱の色で太く×印がえがかれたりしている。

私は、針の動き出した時計の文字盤をながめながら、

「動かなくなったらたたいてみて下さい。再び動き出すこともあります」

という一項目を使用書に添えたら、と思った。

今朝は八時十分きっかりに、典雅な音色が枕もとでした。

Oさんがたたいてくれたおかげで、今朝の目ざめは良かった。

誕生日のプレゼント

さまざまなカードがあって、利用している人が多いという。デパートでの買物、列車の乗車券の入手、ホテルやレストランでの支払いなど、すべてカードですませる。

家内は、何種類かのカードを持っていて、

「現金を持たずにすむし、便利でいい」

と、言っている。

私は、カードは銀行のキャッシュカードしか持っていない。銀行が閉店後も預金から引き出せるし、駅前のキャッシュコーナーでもおろせるので、必需品になっている。

それしか持っていない私を、家内はひと昔前の人間みたいだ、と言い、せめて旅行でホテルの宿泊代の支払いができるカードを持つべきだ、とすすめる。

しかし、私はカードをいまわしいものに思っているので、一切応じない。

家の近くの繁華街にあるデパートに家内と行くと、彼女は買物の代金支払いにカードを使う。

現金で支払えばすぐにすむのに、なにやら用紙に書いたりしていて時間がかかり、いらいらする。それが私のカードぎらいの原因になっている。

一カ月ほど前、彼女がカードケースが見当らなくなったと言い、銀行、デパートその他に連絡をとって廃棄をつたえ、新しいカードの交付を依頼した。

慌《あわ》てて手続きをとっている彼女に、私は小気味良さをおぼえ、だからカードなど必要ないのだ、とひそかに思った。

やがて新しいカードが来て、彼女は再びデパートでカードを使って買物をするようになった。

私の誕生日にプレゼントをする、と彼女は言い、私もデパートについていった。彼女がセーターを選び、少し値段が高いので申訳なく思ったが、私も柄が気に入ったので買ってもらった。

「ありがとう」

私は、彼女に頭をさげた。

しかし、お礼を言ったことがおかしいのをやがて知った。彼女がデパートでカードを使って買物をする代金は、私の銀行預金からおとされていることに気づいたのだ。

私がそれを口にすると、彼女は、眼を輝やかせて笑い、

「まあ、いいじゃないですか。家のものも買っているんですから」

と、言った。

そうか、まあいいか、と私はなんだか可笑《おか》しくなった。

家内と野球

家内は、野球についての知識が全くない。

弟が生きていた頃だから、かなり以前のことになるが、家に訪れてきた弟とテレビでプロ野球の試合を観ていた。

弟が画面に眼をむけながら、

「長嶋は、全くよく打つなあ」

と、感嘆した。

テレビに眼をむけていた家内が、

「それなら、長嶋という人につづけて打たせればいいじゃないですか」

と、言った。

私と弟は絶句して、顔を見合わせた。

たしかにそれには一理あり、困惑した弟は、

「長嶋選手につづけて打たせると、疲れるでしょう。だから交替して打つようにしているんです」

と、答えた。

どきりとすることを言う時もある。

「捕手は、敵のチームなのね。だって守っている選手の中で、一人だけ反対方向に向いていますもの……」

幼い子供がなにか言い、そう言われればそうだと思うことがある。それに類した驚きで、しかも一応説明しておく必要があり、私は答える。

「捕手は、ピッチャーの投げる球を受ける役目でね。だから、ピッチャーの方に体を向けていなければならないんだ。決して敵ではなく、味方なのだよ」

家内がおかしいのでは決してない。野球のことに関心がなく、全く知識を持たない人は、家内と同じような質問をするはずである。

シーズン中、テレビでほとんど毎日のようにプロ野球がゴールデンタイムに放映されているが、それが彼女には理解できないようだ。

私は、野球にそれほど強い関心を持っていないが、スポーツを観るのは好きなので、テレビで観戦する。

放映されるのは、ほとんど巨人戦で、それに気づいた彼女は、こんなことを口にした。

「巨人は毎晩のように試合をしていて、他のチームはその間、休んでいるのね。巨人の選手は休息もとれず気の毒だわ」

たしかに、そのように考えるのも無理はない。

「巨人軍のファンが多いので、放映するだけなのだ。他のチームも、それぞれ試合をしている。決して休んでいるわけではない」

野球をテレビで観ている時、彼女が質問すると、思わず身がまえる。しかし、質問が新鮮で、どのように答えるか、それが楽しい。

闇《やみ》と光

「黒犬を提灯《ちょうちん》にする雪の道」

という古川柳がある。

雪道の白さに前を歩いてゆく犬の黒い色が浮き上ってみえ、あたかも提灯のように自分を導いてくれている。品の良い川柳で、江戸時代の闇の濃さが感じられる。

時代物のテレビ映画などを見ていると、夜道を歩く者の多くが提灯を手にしている。

しかし、提灯の中にともる蠟燭《ろうそく》は、当時、高価なもので庶民には容易に手にすることができなかった。そのため提灯を手に夜道を歩くのは、限られた人たちであった。

月も星も出ない夜の江戸の町々は、濃い闇につつまれていた。雪に地表がおおわれていた夜、黒犬がわずかに見え、それを提灯代りに道をたどっていったのである。

現在では、都会は電光にあふれている。街灯のない道でも、家々からもれる光が路面に流れていて、自由に歩くことができる。空が厚い雲にとざされていても、都会のおびただしい電光が立ちのぼって空を明るませ、その反映で地表も明るんでいる。鼻をつまれてもわからぬ闇は、都会には無縁のものである。

東京で生れ育った私は、常にこのような光に包まれて日を過してきた。

それでも戦前の東京の町々は、現在とは比較にならぬほど光が乏しかった。六百ワットの電球を使うのはごく限られた場所で、家庭で使う最も光の強い電球は、六十ワットと言うよりは四十ワットとされていた。それも、電気を無駄使いしてはならぬという習慣が徹底していて、家族のいない部屋の電灯は消し、就寝時には電灯を消すのが習わしであった。

便所のみは常夜燈《じょうやとう》がともされていたが、それは豆電球と称されたピンポン玉ほどの小さな電球で、手さぐりで用を足さねばならぬほど薄暗かった。

私が初めて闇の濃さを知ったのは、終戦の年の正月明けからはじまった夜間空襲の繰返された頃であった。

まれた。

深夜、警戒警報につぐ空襲警報で戸外に出た私は、経験したことのない濃い闇につつまれた。

家々の電灯は一つ残らず消され、家並も道もすべて闇の中に没し、わずかに路上に立つ自分の体を意識するだけであった。どの家からも防空頭巾《ずきん》などをかぶった人たちが戸外に出ていたが、それは人声などで気配を感じるだけであった。

しかし、このような闇の夜は稀《まれ》で、アメリカの爆撃機や偵察機が飛来するのは、飛行や爆撃に適した夜、つまり好天の夜であった。

警報で戸外に出た私は、それまで知ることのなかった東京の夜空を見た。

空にひろがる星の光は驚くほど冴《さ》え、自分の体が星空に吸い上げられてゆくような錯覚にさえとらわれた。空を見つめていると、星の光と光の間の空間に星の光がつぎつぎに湧《わ》き出てきて、満天すき間のない星におおわれた。月光も、まばゆいほど明るかった。

この星と月の光の冴えは、空襲警報で東京の町々に電光が全く絶えていたからで、私たちは原始の人のように夜空を見上げていたのである。

その夜空の端に高射砲弾の炸裂《さくれつ》する朱色をおびた閃光《せんこう》が、連続して打ち揚げられる遠花火のようにひらめき、それが近づくにつれて爆撃機の爆音も近づいてくる。

編隊には、地上からのおびただしい照空灯の光芒《こうぼう》が放たれ、各機の機体が玉虫のような彩《いろど》りで鮮やかに浮び上っている。それらの爆撃機は私たちを殺戮《さつりく》し町々を容赦なく焦土と化す憎むべき存在なのだが、それを私はふと忘れ、高射砲弾の炸裂する閃光に包まれた爆撃機の動きを眼で追っていた。多数の死者を出した悲惨な時期であったが、それは深い闇と冴えた光に接した時間でもあった。

幕末に一人の男が、アメリカの捕鯨船からボートに乗って北海道最北部の利尻島《りしり》に上陸した。ラナルド・マクドナルドというインディアン系のアメリカ人で、日本に憧《あこが》れて単身やってきたのである。

かれは、長崎に護送され、その地で日本人に初めて本格的な英会話を教えた。

私は、かれを主人公に「海の祭礼」という長編小説を書いたが、その関係で島に招かれ、夜、マクドナルドについて講演した。

それを終えて公民館を出た私は、広い駐車場の端に置かれた車まで歩いた。足許《あしもと》には、公民館の電光がほのかに流れていたが、車に近づくに従ってそれは薄れて消え、私の前には驚くほど濃い闇が立ちはだかり、足を踏み出すことができなくなった。

漆黒の幕が顔のすぐ前に垂れているような闇で、私は息苦しさを感じ、立ちすくんだ。闇に重さがあるのも知った。前に進むには、重々しい幕を押し開かねばならぬのを感じた。戦時中に接した闇よりもはるかに濃く、私は激しい恐れに似たものをおぼえた。

案内の人は、そのような闇になれているのか、車のドアを開く音がし、車内燈がともり、ヘッドライトがついた。その光が視覚を鋭く突き刺すような眩《まば》ゆさで、私は顔をしかめ眼を細めた。闇と同じように、その光にも恐れをいだき、私は明るく浮び上った車にむかって近寄っていった。

Ⅲ　人と出会う

占い師

十年ほど前、血縁関係にある青年が、拙宅に訪れてきた。かれの将来に重要なかかわりのあることが起り、私の意見をききにきたのである。

かれは大学を卒業後、一流企業の会社に入社し、五年が経過している。ところが、同業種の、これも一流企業の会社からうちの会社に来ないかと誘われた。

かれの気持がゆらいだのは、現在勤めている会社にひそかに不満をいだいていたからである。その会社は日本を代表する大企業で、組織はがっちりとしていて、若いかれは息苦しさを感じていた。

入社を誘ってきた会社は、現在勤務している会社よりも企業規模が小さいが、自由な活気にみちていると言われている。かれは、その会社に入って思う存分働きたいという気持があるものの、世話になった会社を辞するのは申訳ないという気持もある。

話をきいた私は、こんな答え方をした。現在の会社を去ることに申訳ないという気持をいだくのは、人間として当然のことである。勤務五年というのは、まだ修業期間であり、会社はかれに多くのものを注いでいて、退社はその恩義にそむくことでもある。しかし、人間は、自分を生かすために一生のうちに一度か二度は、そのような申訳ないことをするものである。まだ若いのだから、自分に忠実に動くべきだ、と。

こんなことを言ってみたところで、かれへの答にはならない。小説家はなんでも知っていると思っているらしいが、私が判断できる範囲はごく限られている。第一、私は大企業に勤めたことなどなく、なにも知らない。

私は、中学時代の親しいクラスメートであるT君のことを思いついた。かれは大銀行の副頭取をしていて、むろん大企業のことについて広い知識を持ち、的確な判断をしてくれるにちがいなかった。

私は、夜、かれの自宅に電話をした。

幸い在宅していて、私の話をきき終ると、

「それなら、いい占い師を紹介するよ。私の銀行でも利用している」

と、かれは言った。

私は、呆気《あっけ》にとられ、一瞬絶句した。

「世界的な大銀行なのに、占い師で物事をきめているのかね」

かれは、そうだよ、と淡々と答えた。右に進むか、それとも左か。どちらでもよいと判断した時には、占い師に答を求める。右という答を得た時には、少しの迷いもなく全力をあげて右に進む。

私は、T君の話をなるほどと思った。決断は一つの大きな力になり、T君の銀行は右に進んでもよいと考えていて、占い師の言葉をはずみにして直進するのだろう。

T君の話を青年に電話で伝えると、かれは笑っていたが、勧誘された会社に入った。

現在、かれは、いきいきと嬉《うれ》しそうに働いている。

元警視総監の顔

人を介して、警視総監から頼まれごとをしたことがある。私の書いた「桜田門外ノ変」という長編小説が単行本として出版されて間もない頃であった。

その小説は、題名のしめす通り、安政七年（万延元年）に彦根《ひこね》藩主の大老井伊《いい》直弼《なおすけ》が、桜田門外で水戸脱藩士らに襲われ暗殺された事件を扱ったものである。

警視庁は皇居の桜田門の前にあり、警視総監は、どの位置で事件が起ったのか、具体的に知りたいので、教えて欲しいというのである。

総監としては当然のことで、私もその小説を書いた責任もあり、当時の絵図のコピーを手に警視庁に出掛けていった。

案内されて総監室に入った。部屋は警視庁の最上階にあったと記憶しているが、広いガラス窓から車道をへだてて皇居の桜田門が見下ろせた。私は、絵図をひろげて説明した。

警視庁の建っている場所には松平大隅守《おおすみのかみ》の屋敷があって、国会議事堂の方向に彦根藩邸があった。井伊大老の行列は彦根藩邸を出て、松平大隅守屋敷の前にさしかかった時、水戸脱藩士たちが両側から一斉に斬《き》りかかった。

その現場は下方の車道だ、と私が説明すると、

「そうですか。警視庁のすぐ前で起こったのですね」

総監は驚いたように車道を見下ろし、絵図と見くらべていた。

それから一カ月ほどして、私は両国の大相撲を観《み》に行った。

最後の取組が終って、通路を入口の方へ人の体にもまれながら歩いている時、横に歩いている人に気づいた。どこかで会った人だと思ったが、記憶がよみがえらない。

不意に、警視総監であるのに気づいた。制服ではなく軽装であるので気づかなかったのだ。

私が声をかけると、総監は驚いたように顔をむけ、歩きながら言葉を交した。

新聞で半月ほど前に、警視総監が交替した記事がのっていたのを思い出した。

私は呆気にとられた。警視庁で会った総監は総監らしいきびしい表情をしていたが、かたわらを歩く人の顔は別人のようにきわめておだやかな顔であった。

退官して緊張が一気にとけ、このような顔になったのだと思うと同時に、在任中の職務の激しさをあらためて感じた。

毛がに

北海道の北端の町に住む一医師のことを耳にしたのは、名寄《なよろ》市の図書館の館長からであった。

館長の話によると、その医師は類のないほどの読書家で、毎月かなりの量の書物を買い、それを一つの建物の中に並べ、町の人にも公開している。かれの夢は、その書籍を建物とともに図書館として町に寄附することだという。

奇特な人がいるものだ、と思った。

それから一年ほどして、図書館長を通じて医師から町に来て文学の話をして欲しいという連絡を受けた。小説を書くことに専念している私は、講演は原則として御辞退しているが、そのように書物を愛している人の依頼ならばすすんで受けるべきだと考えた。

当日、旭川まで飛行機で行き、待っていた医師の車で町へむかった。三時間近く乗って行ったような気がする。

町に入った私は、医師の私設図書館に案内された。多くの書籍が書架に整然と並べられていて、町の人たちが読んでいる。それを眼にして、やはり来てよかった、と思った。

その夜の講演会場は集会場のような建物で、町の人たちが床に敷いたござの上に肩を寄せ合って坐《すわ》っていた。私は一心に話し、町の人たちは熱心に私の拙《つたな》い話をきいて下さった。

講演が終って、医師とその親しい方たちとその夜の宿泊所である国民宿舎に行き、会食した。出された毛がには新鮮で、きわめて美味であった。

半年ほどして、医師から数杯の毛がにがわが家に送られてきた。しかし、その頃は冷凍して送る方法が未熟であったため、それらは腐臭を放っていた。惜しいな、と思いながら、私は、庭に穴をあけて埋めた。

翌日の夜、医師から電話がかかってきた。横浜に住む友人に同様に毛がにを送ったが、すべて腐っていたという連絡を受けた。お宅に送った毛がにも腐っているはずで、まことに申訳ない、と言った。

私は気の毒になり、とっさに嘘《うそ》をついた。毛がにはうまく、家族一同喜んで食べた、と。

それはよかった、心配していたのです、とかれは安堵《あんど》したように電話を切った。

数年後、札幌に行った時、地元紙の死亡欄にその医師の死が報じられていた。私設図書館を町に寄贈した人である、として。

私は、ホテルの部屋で悔み状を書き、再び訪れることはないだろうその町の、かれの家に送った。

職人

三十八年前に、二間つづきのアパート住いから建坪十五坪の家を新築して移り住んだ。場所は、東京郊外の西武線沿線にある東伏見で、敷地は六十三坪であった。坪価は一万円で、当時会社勤めをしていた私の月給は二万円であった。つまり月給で二坪の地が買えたのである。

現在、東伏見は坪価が二百万円はしているから、地価から逆算すると、私の月給は四百万円でなければならなかったはずである。いかに地価が高騰《こうとう》につぐ高騰をしたかがわかる。

その家に十年間住んでいた頃、環状道路建設の話が持ちあがり、私の家がすっぽり道路に入っていることがあきらかになった。当然、住民と道路建設側の機関との間でさまざまな交渉が繰返されるはずで、小説を書く私は、そのようなことに時間の多くをさかれることに恐怖に近いものを感じた。

逃げ出さなくてはいけない、と思った私は、土地探しをし、現在住む井の頭公園に隣接した地に家を建てて移り住んだ。

家を造ってもらった工務店の工法が不十分だったらしく、半年ほどして雨漏りがし、そのためあちらこちら手入れをし、ようやく心安らかに住む状態になっている。

他の地ではどうか知らぬが、私の住む地一帯では、驚くほどの改築ブームである。西隣りの家は壊され、南隣りの家も同様で、新しい家が建てられた。北の道路にそった十軒中三軒が、いずれもこの一年の間に改築された。

近くを歩いていても、あ、ここもかと思うほど改築がされている。私の家を新築した頃建てられた家々で、当時の建築方法になにか欠陥があったのか。私の家も手入れを繰返さなかったら、住むに堪えないものになっていたはずである。

私の息子夫婦は、私の家とほとんど同じ頃建てられた中古の家を買い取って住んでいた。この家の雨漏りがひどく、これも改築することになった。

古くからの友人である設計士を中心に建築方法について話し合った。現在改築する家の工法は、外国で評価の高い方法によるものが多い由《よし》だが、設計士の強い主張に従って基本的に日本式の従来の工法によることに決定した。

地元で信用されている六十八歳の大工の棟梁《とうりょう》に依頼し、鳶《とび》の仕事も地元の職人が手がけることになった。

古い家がこわされ、基礎が打たれた。私は毎日三、四回はそれを見に行った。

「先生、そんなに見にきちゃ、小説書けないいんじゃないの」

と、かれらは冷やかしながらも、私が見にくるのが嬉しいようだった。

やがて棟上げの日がやってきた。私は終日それを見守っていた。刻みの入った材と材が、寸分たがわず音を立てて組み合わされる。

私は、感嘆の連続であった。なんという優れた頭脳であろう、と思った。一心同体であるかのように手順がよく、次々に家の骨組みが形をととのえてゆく。職人というものの素晴しさに、私は言葉もなく立ちつくしていた。

予定通り夕刻、棟上げは終った。神主が来て祝詞《のりと》をあげ、それから職人たちと杯をあげた。車を運転する者はウーロン茶で……。翌日から、大工をはじめさまざまな見知らぬ職人が入り、屋根と外壁が張られ階段が出来、ガス、電気が入って、工事をはじめてから四カ月後に住居可能になり、仮住いをしていた息子夫婦と子供が入った。一カ月早い完成であった。

息子の家は多くの職人の手によって成った。それらの職人は入念に、しかも素早く自分に課せられた仕事を成し遂げて去っていった。

息子一家は、満ち足りたようにその家で過ごしている。私は、その家を見るたびに、今後二度と会わぬかも知れぬ職人たちに深い畏敬《いけい》の念をいだく。

東屋《あずまや》の男

私は、中央線の吉祥寺駅に近い井の頭公園に隣接した地に住んでいる。公園の半ば近くが池で、その中央にかかっていた橋が老朽化して橋をかけかえる工事がはじまり、仮橋が出来た。家から駅に行くには橋を渡るのが近道で、仮橋をわたると、五分近く余分にかかる。

池は桜樹にふちどられていて、開花時に橋の上から見る情景はまことに見事である。橋のかけかえは、桜の開花期に間に合わせると言われていたが、予定通り桜の蕾《つぼみ》がふくらみはじめた頃、工事は終り、広くなった新しい橋をわたることができるようになった。

春の気配が濃くなると、公園の近くに住む人たちの間では、開花がいつ頃かということが話題になる。

三月下旬に寒い日があったりして、今年はどうかと気がかりであったが、三月末日頃には、ちらほら花弁がひらくようになった。四月に入ると、気温の上昇で一気にひらき、三日の土曜日と四日の日曜日は満開となった。桜見物の人がどっと押し寄せ、桜を見るのに最も適した橋の上は人がむらがり、通るのも容易ではない。

夜桜見物の人も多く、昼間からビニールの布などを桜樹の下に敷き、いわゆる陣取りをして、若い男がその中央で仰向けに寝たりしている。夜、家にいると、風向きによって夜桜見物の人たちのどよめきがきこえてくる。時には、朝、庭に飛んできた桜の花びらが一面に散っているのを眼にすることもある。

花見の時期だけではなく、他の季節にも行楽にくる人は多い。絵を描いたり池のオシドリにカメラのレンズをむけたりしている。その人たちには、おだやかな公園と思えるのだろうが、公園の近くに住む私などには、公園の別の貌《かお》も眼につく。

公園から住宅地に出る石段のわきに、或《あ》る日、立看板が立っているのに気づいた。警察署が立てたもので、嬰児《えいじ》の死体がこの場所に遺棄されていたが、なにか気づいた方は警察署に通報して欲しい、と書かれていた。

若い女がひそかに子を産み落し、なにかの事情で育てる気になれず、夜、その場に捨て、嬰児は死んだのか。そんなことを想像しながら、看板に視線を走らせて通りすぎるのが常であった。

看板は一カ月ほど立っていたが、或る日通ると、消えていた。

公園に五十年輩の男が、住んでいた。

園内に草花などが植えられている小公園があって、そこにある東屋の近くに男は立ったり、坐ったりしていた。髭《ひげ》はのび放題で、皮膚は汚れ、大きな紙袋をいくつもさげて園内を歩いていることもあった。夜は、東屋で毛布にくるまって寝ているようであった。

近くの鮨《すし》屋に行くと、地元に住む客の間でその男のことが話題になることもあった。なにを食べているのだろう、と首をかしげる客もいれば、近所の商店の主婦が、握り飯に副食物をそえて持っていってやった、と言う客もいた。

男は大人しく、客たちは好意に似たものをいだいているようだった。

「問題は冬だな。吹きさらしの公園ですごすことはできず、どこかに行くのだろう」

と、客の一人が言った。

私は、公園を通る度に東屋の方へ眼をむけるようになった。男は、うつろな眼で空を見上げたりしていた。

寒気がきびしくなり、やがて、男は東屋からはなれたが、公園から去ることはしなかった。園内にある動物園の入口の脇《わき》に移っていた。男は、ダンボールでかこいを作り、その中で身を横たえていた。昼間、寝るようなことのない男は、立ったり坐ったりすることもできないほど体に変調をきたしていることはあきらかだった。

男が寝ながら体を動かしていることもあり、黒い髪と髭が見えた。顔は茶褐色で汚れ、眼に尋常ではない光がうかんでいた。

半月ほどたち、私は、男の姿が消えてダンボールも取りのぞかれ、その部分が清掃されているのを見た。

男は死んでしまったのか、それとも警察署で保護され、病院へ運ばれたのか。恐らく後者であろう、と自らを慰めた。

男は、なぜ公園からはなれようとしなかったのか。公園になにか強くひきつけられるものがあったのだろうか。駅の近くにでも行けば、寒さをしのぎ、食物を口にする機会もあったはずである。

桜が散りはじめ、公園も少し静けさをとりもどした。散策を楽しむ人が歩いている。男がいた東屋のベンチには、若い男女が坐っていることが多い。

私の眼は、習性のようにそこにむけられる。

容器

ある鮨屋の店主の話。

出前をたのまれて鮨をとどけ、翌日、容器を引き取りに行くが、返される容器でその家の生活がよくわかるという。

　ほぼ半数は容器を洗わず、みかんの皮やたばこのすいがらまで入っている場合もある。このような家は、だらしない家庭で、子供のしつけも悪い。

「そんな家の娘を嫁にしたら、大変ですよ」

と、店主は顔をしかめた。

　これとは対照的に、半数の家では容器をきれいに洗い、さらにふきんでふいてある。

「そういう容器を受け取る時は、ああ、立派な家庭だな、と思いますよ。食べ物を入れる容器でしょう、大切にしてくれなくちゃ」

　店主は、しみじみとした口調で言った。

　珍しく早朝のラジオをきいていたら、ある大会社の経営者が、こんな話をしていた。会社では社員が残業をし、ラーメンなどの出前を取る。その折には、容器は必ず洗って返すようにきびしく指示してあるという。

　立派な経営者である。些細《ささい》なことかもしれないが、容器を洗って返すことが社員教育になっている。常識をわきまえた社員のいる会社は、業績も必ずあがっているにちがいない。

　それと同じように、容器を洗うことで家庭生活は秩序正しいものになり、子供の教育にもなっているのである。

母親

太田さんの妻が、長男と長女を連れて私の家に挨拶《あいさつ》に来た。

太田さんは鳶職で、近くの鮨屋でしばしば顔を合わせた。陽気な酒で、いつもしっかり者の奥さんと一緒であった。牡丹《ぼたん》を栽培するのが趣味で、私の家に苗を持ってきて庭に植えてくれた。季節になると大輪の花がいくつも開き、庭の彩《いろど》りになった。

一カ月ほど前の夜、太田さんの友人である米穀店の店主から電話があった。太田さんが仕事中に倒れ、救急車で運ばれたが死亡した。五十歳であったという。

私は、近くの寺で営まれた葬儀に赴き、請《こ》われて弔辞を読んだ。その御礼に太田さんの妻が子供とともにやってきたのである。

二十代の息子さんと娘さんが、礼儀正しいことに私は好感をいだいた。息子さんは調理師試験に合格し、娘さんは勤めに出ているという。

子供がうまく育つかどうかは母親次第、というのが私の持論である。幼児の折から母親がしつければ、立派な人間として成人する。

私は、息子さんと娘さんを見て太田さんの妻の偉さをあらためて感じた。夫を若くして失ったが、彼女は二人の子供と逞《たくま》しく生きてゆくはずだ、と思いながら、辞去する彼女たちを家の前で見送った。

赤信号

友人の家に行き、夕食のご馳走《ちそう》にあずかった。

かれの家族も食事を共にし、孫の三歳の女児と六歳の男の子も食卓についた。

早めに食事を終えた二人の孫が、自分の使った食器を台所に運んだ。それを目にした私は、この子たちは少年、少女になっても非行に走ることなく、立派な社会人になる、と思った。

子供の教育、つまりしつけは幼児期におこなわなければならず、少年、少女に成長してからでは手おくれである。

たとえば横断歩道で信号が赤になっている場合、車が全く通っていなくても渡ってはいけない、ときびしく教えるのが幼児教育である。理屈ではない。してはいけないことは、決してしてはいけないということを教え込む。

たとえば、高校に通うようになった娘が、男子をまじえた友だちと泊まりがけの旅行に出たい、と言ったとする。親が反対すると、ほかの女友だちも行くのに理解がないと反発する。それはたしかに理屈であって、親は結局許してしまい、それがいまわしい出来事につながることもある。

理屈にかなっていても、してはいけないことがこの世の中にはたくさんある。それをわが子に教えこむのは、幼児期以外にない。

「私の家庭では子供を自由放任主義にしています」と得意げに言う親がいるが、後になって親が泣くことになる。

結婚相手

茶道を教えている女性から、こんな話を聞いた。

結婚適齢期の娘を持つ母親が、娘さんの写真と経歴書を手に訪れてきて、良い見合い相手を紹介してほしい、と頼んだ。

相手は高学歴で、将来性のある青年を、ということで、娘にはそのような青年の妻にふさわしいような教育をしているという。

教育とは、豊かな生活にそのまま入りこんでゆけることで、一流のレストラン、料亭で食事をとらせ、衣服、装身具も高価なものを身につけさせているという。私はその話をきいて、愚かしい母親がいるものだと呆《あき》れ、母親に従順にしたがう娘さんも哀れだ、と思った。

青年とは、貧しいものなのである。もしも豊かであるなら、親の脛《すね》かじりかそれとも特異な生活をしている者にかぎられる。着実な青年の良き妻となる女性は、貧しい生活の中でも精神的な豊かさを十分に見いだすことができる人である。

青年は、やがて中年となり初老となって必然的に収入も増し、生活にもゆとりが生じて、時には妻も贅沢《ぜいたく》な一刻を楽しむことができるようになる。

結婚前の娘に贅をこらした生活をさせているという母親は、そのような厳然とした常識すら知らない女性である。贅沢になれた娘など、だれが結婚相手にえらぶものか。

サンドイッチ

乗客は少なく、電車に乗った私は座席に腰をおろした。

車内を見まわした私は、一人の女性の姿に眼をとめた。二十四、五歳の女性で、手にしたサンドイッチを食べている。稀《まれ》には十四、五歳の少年が菓子パンなどを食べているのを見ることはあるが、成人した女性が車内で食物を口にしているのを眼にするのは初めてであった。

列車の中なら食物を口にするのはだれもすることだが、電車の車内では一般的にそのようなことはしない。

彼女は悠然と、つり広告に眼をむけたりしてサンドイッチを食べている。電車の中で食物を食べてはいけないという規則はなく、おおらかな性格なのだ、と思った。

しかし、独身らしい彼女が結婚し、子の母となったことを想像すると、おおらかではすまされない、と思った。彼女は自由にふるまっているが、子供が自分の思うままに行動したら問題だ。

子供には、幼い頃からきびしいしつけが必要である。しつけとは、常識にはずれたことはしてはならぬ、と教えることである。電車の中でサンドイッチを食べているのは世の習いからはずれたことで、そのような母親を見習ったら子供はとんでもない方向に走るだろう。

そんなことを思いながら、口を動かしつづける彼女を、私はちらちらとながめていた。

マンガ雑誌

「少年ジャンプ」などという誌名でもあきらかなように、マンガ雑誌は子供向けのものであった。

それがいつの間にか、青年から中年の者まで読むようになった。

初めて電車の車内で、三十四、五歳の男がマンガ雑誌を繰っているのを見た時は驚いた。顔色が悪く眼がくぼんでいて、なにか体に故障があって気分転換のためにそのようなものを読んでいるのか、と思った。

しかし、その後、マンガ雑誌を読む男性を見ることが多く、珍しくはなくなった。そうした男たちの需要にこたえて、雑誌の内容も大人向きになっているものもあるのだろう。

不思議なことに、電車の車内でマンガ雑誌を読んでいるのは男だけである。女性はいない。読んでいる女性を見たことは一度もない。

同じ人間なのに、なぜなのだろう。女性はすべて、マンガ雑誌に興味がないのか。そんなはずはないだろう。それとも、そのような雑誌を読んでいるのを人に見られるのが恥ずかしいからなのか。人目のつかぬ家では、寝そべりながら楽しんで読んでいるのかもしれない。

いずれにしても、車内で読んでいるのは男だけである。同じ人間であっても、男性と女性は、あきらかに別種のものであるようだ。

鮨《すし》職人

ロサンゼルスに住むOさんという中年の男性から、エアメールの手紙をしばしばいただいた。私の小説を愛読している由《よし》で、小説の感想がつづられ、私も返事を書いた。

Oさんは鮨職人で、勤めている店で仕事をしている写真も送られてきた。いかにも鮨職人らしいきりりとした顔をしていて、腕もかなりのものであることが察せられた。

かれの店には、むろん外人客も多く来て、それらの人との接触も手紙に書いてくる。その一つに湯呑《ゆの》み茶碗《ちゃわん》で出すお茶があった。

外人客は、お茶が無料であるのを不思議がる。たしかに紅茶やコーヒーを飲もうとすればそれ相応の代金を払い、緑茶も有料であってもいいはずだ。

無料であることを知った外人客の中には、三杯、四杯とお茶のお替わりをする者もいる。店ではそれに応じていたが、忙しい時には困惑する。それで店では、お茶を紅茶なみに代金をとることにした。

Ｏさんは、それから間もなく日本へ帰り、鮨店をひらいた。Ｏさんの手紙には、お茶を有料にしたことで金銭感覚が狂い、鮨をにぎる気がしなくなったからだ、とあった。

私には、Ｏさんの気持ちがよくわかる気がした。

鮎《あゆ》

Ａさんは、私の家の近くにある交番に勤務していた警察官であった。台帳を手に家々を丹念にまわり、

「なにか変わったことはありませんか」

と、たずねるのが常であった。

私の家にもよく来て、私がＡさんを居間に通して共に茶を飲むこともあった。近所の人たちとも親しく、路上で話し合っているのをしばしば眼にした。

「若い者（部下）によく管轄《かんかつ》地域をまわれ、と言っているんですよ。それでないと、いざと言う時に間に合いませんからね」

Ａさんの口癖であった。Ａさんは、警察官と言うよりお巡りさんと呼ぶにふさわしい

方であった。

Aさんは定年を迎え、退官した。

その頃から季節になると、鮎をとどけてくれるようになった。Aさんの趣味は鮎釣りで、釣りの帰りに持ってきてくれるのである。

昨年の鮎の季節にAさんは姿をみせなかった。どうしたのだろうと気にかけていたが、年末にAさんの娘さんから年賀欠礼の葉書が送られてきた。そこにはAさんの死が記されていた。

Aさんとは毎年、年賀状を交わし、私は必ず「鮎を楽しみにしています」と書いた。そのような年賀状を今後書くことはないのだ、と思うと、うつろな気分である。

下見

東北、上越新幹線の停車駅でもある埼玉県の大宮駅前から、タクシーに乗った。詩人のN氏から、文芸講演会の講師を依頼され、会場へむかったのである。

道が車で渋滞していて、タクシーがのろのろと進む。車窓の外をながめているうちに、ふと、もしかすると、という不安が胸にきざし、それが次第に色濃くなった。

ようやく前方に、市の施設である瀟洒《しょうしゃ》な白い建物が見え、タクシーは敷地内に入り、入口の前でとまった。

入口の扉はとざされ、建物は森閑としていて人の気配もない。私は、運転手さんに、

「今日は何日ですか」

とたずね、運転手さんの答えをきくと、

「駅に引返して下さい」

と、言った。

日をまちがえたのである。指定された一日前に来てしまったのである。こんなことは初めてで、私は苦笑いしながら車窓に眼をむけていた。

翌日、再びタクシーで定刻の一時間ほど前に会場に行った。入口の傍らには文芸講演会と書かれた標識がみえ、人の姿もある。

控室に案内され、N氏と挨拶《あいさつ》した。

「道がわかりましたか」

氏に問われ、前日まちがって来てしまったことを知られるのが恥しく、私は言葉につまったが、

「二度目ですから」

と、答えた。

氏は驚いたような眼をし、私は日をまちがえて前日同じ時刻に来たことを口にした。

私は笑い、氏もそれにつられて笑った。

ホールに入った私は、これまで講演をする時とは様子が異なっているのを眼にした。中央に低い壇があって、そこに椅子《いす》が一つ置かれている。私はうながされてそこに坐《すわ》った。

いつもは演壇に大きな机が置かれていて、私は立って話をするが、いかめしい演壇もない。

私は、椅子に坐ったまま話をはじめた。むろん聴衆の方たちは椅子に坐っていて、互いに坐っていることで身近かな感じがし、私はくつろいで話をつづけた。

こんなにいい気分で落ち着いて講演をしたことはない、と胸の中でつぶやいた。

その落ち着きも、前日下見をしているからなのだ、と思いながら、私は聴衆の方に語りつづけていた。

サイン会

講演会の後などに、拙著のサイン会がもよおされることがある。

買っていただいた方に感謝の念をいだきながら、署名をする。毛筆で書き、手助けをしてくれる方に私の印をおしてもらう。

時には二百冊ほどすることもあるが、冊数が多いと、海音寺潮五郎氏のような名前でなくてよかった、と思う。海音寺氏は六文字、私は三文字。その上海音寺氏の名前は、文字の字画も多い。

自分の氏名を書いてほしい、と言う方もいる。その折には、まちがって書かぬよう神経をつかう。菊地と書くべきところを菊池と書いてしまい、書き直したこともある。

サイン会には、気に入った印を持参する。印をおすと、下手な字なのに少しは見られる字になるような気がするから不思議だ。

印は、素人《しろうと》の方が作ってくれたものを使っているが、なかなか味わいがあっていい。サイン会で手助けをしてくれる人が印をさかさにおし、私は、書き直しをしようとしたが、それを受け取った人は、

「さかさに印がおされているのは珍品です。このままでいいです」

と、言った。

手助けの人のしくじりに同情したのだ、と思いながらも、私は自分が逆立ちをしているようで落ち着かなかった。

将　棋　盤

ある電力会社の社員から、将棋の名人であった大山康晴さんにまつわる話をきいたことがある。

その会社では、電力を供給している地域の各都市で定期的に講演会をもよおしているが、ある時、大山さんを講師に招いた。

大山さんは、将棋についての興味深い講演をし、それを終えて控室にもどってきた。茶を飲みながら大山さんは、聴衆の人数をぽつりと口にした。

係の社員は、呆気《あっけ》にとられた。会場には数百名の聴衆の方々が入っているが、なぜ、その人数を下一桁《ひとけた》まで口にできるのか。

会場の入口では入場する人に番号を打ったパンフレットを渡しているので、念のため調べてみたところ、驚いたことに一名の狂いもなかった。

茫然《ぼうぜん》とした社員が大山さんにたずねてみると、

「会場は、将棋盤と同じだからですよ」

と、大山さんはこともなげに答えた。

たしかに椅子席は、将棋盤のように縦、横の線で組まれている。大山さんは、演壇に立ち、さっと場内を見て人数を瞬間的に知る、という。

一つの道に徹した人は、このような境地にまで達する。

その話をきいて、そこに至るまでの大山さんの将棋に対する研鑽《けんさん》の深さを感じた。

古賀先生

昨年十一月初旬、宮崎医科大学の外科教室の方から電話があり、古賀先生が急逝《きゅうせい》されました、と言った。その声は半ば泣いていて、古賀さんに師事されていた外科医であるのを感じた。

古賀さんは、昭和四十二年十二月と翌年一月に、ニューヨークのマイモニディーズ病院で世界第二例、第五例の心臓移植手術の執刀をした外科医である。その病院の外科部長であるカントロヴィッツ氏は、第一助手の古賀さんに移植手術のすべてをまかせた。

私は、心臓移植を小説に書くためその病院を訪れ、カントロヴィッツ氏に会って手術時の話をきいた。

氏の古賀さんに対する信頼はきわめて厚く、すでに日本に帰っている古賀さんを、「コーガ」となつかしそうに呼んでいた。

古賀さんは長崎大学医学部を卒業した方で、私は、ニューヨークでの心臓移植手術をおこなった折の話をきくため、数度お目にかかったが、まことに魅力にみちた方であった。

古賀さんは日本人として初めて心臓移植のメスをとり、しかもそれは世界第二、第五例のものであった。

心臓移植は今後さらに正しい理解のもとに発展してゆくだろうが、日本の医学史に輝かしい存在としてその名が刻まれていくことを望んでいる。

香典婆《ばあ》さん

小説家が死ぬと、葬儀の手配は出版社、新聞社の編集者たちがすべておこなうのが習わしになっている。

葬儀社との交渉、斎場の手配等を遺族の意向もきいて手ぎわよくこなし、斎場の受付には編集者が並んでいる。

十数年前まで、小説家の葬儀に香典婆さんと呼ばれる老女が現れた。小説家の死を新聞などで知った彼女が、斎場にやってくるのである。

私も一度、目にしたことがあるが、喪服を着た小柄な色白の品のいい老女であった。

彼女は受付に行って編集者たちに、

「本日はご苦労さまでございます」

と、丁重にあいさつする。

編集者たちは彼女を死去した小説家の親族だと思いこむが、彼女が受付に立っていると、必ず会葬者が出した香典のいくつかが消えている。現場を目撃した者はいないが、必ず被害が出るので香典婆さんと呼ばれるようになった。

編集者たちは、彼女が斎場に現れると警戒し、一人が彼女にぴったりと付きそう。私が見たのは、若い編集者と体を寄せ合うようにして斎場を歩いている彼女で、あたかも孫とともに会葬に訪れた女性のようにみえた。

彼女が現れると、死去した作家の人気が高かったのだ、と編集者たちは喜んでいた節がある。死去したのか、十数年前から彼女の話は耳にしない。

金《きん》屏《びよう》風《ぶ》

哲学者の安倍能成先生の選集が日本図書センターという出版社から復刻された。

私は、学生時代、哲学者を夢み、安倍先生のカントについての著作に親しんでいた。それだけに、終戦直後、旧制学習院高等科に入った私は、院長である安倍先生に絶大な畏敬《いけい》の念をいだいて遠くからながめていた。

私にとって先生は、巨大な存在であった。当時の激しい教育界の混乱の中で、先生は毅然《きぜん》としていて、日本を占領していた連合国軍総司令部にも少しも動じない態度で接していた。

私は、高等科に八カ月間在籍しただけで重症の結核患者になり、三年間療養後、新制の学習院大学に入学した。

その頃から小説を書きはじめ、文芸部の機関誌に短編を発表するようになった。部費が少なく、機関誌の発行費を得ようとして古典落語鑑賞会を企画した。一流の噺《はなし》家《か》を招いて大学寄席《よせ》を開き、その利益を発行費にあてようとしたのである。

吉野さんという女子学生の父君が咽喉《いんこう》科の専門医で、噺家たちの咽喉《のど》の健康相談を引受けていたことから、私は噺家を紹介してもらい、出演依頼をした。

大学生からの依頼は初めてだというので、甚《はなは》だ安い出演料ではあったが、どなたも快く承諾して下さった。

会場は大学の講堂と定め、事務局に申し出をした。ところが講堂は学術関係に使用することを旨《むね》としている、と言って拒絶された。

すでに噺家の方たちとは約束しているし、私は途方にくれた。しかし、それがこわいもの知らずの学生の常で、私は、安倍院長に直接お願いしようと、学院内の先生の家にうかがった。

どてら姿の先生が出てこられ、私は、ふるえをおびた声で趣旨を説明し、講堂をお貸しいただきたいと懇願した。

黙ってきいていた先生は、

「どのような噺家がくるのかね」

と、言った。

私が志ん生、文楽、小文治と答えると、

「よくそんな人が来てくれるね。名人芸をきくのは学生たちの財産だ」

先生は講堂を使うように言い、ふと思いついたように、乃木希典《のぎまれすけ》大将が院長時代に作った金屏風も貸してやる、と言った。

当日、金屏風を背に志ん生さんが絶妙な噺をし、学生で満員の講堂は沸きに沸いた。

「桜」という席題

私の家は、井の頭公園に接した地にある。公園の広大な池のふちには桜樹が植えられていて、花の季節になると花がびっしりとついた枝が池にむかって垂れ、見事である。池の中央に橋が架かっていて、近くの吉祥寺の繁華街に行くには、その橋を渡ってゆく。家内と買物に行くことが多く、桜樹を見上げて「三分咲き」だとか「五分咲きになっている」などと話し合う。「満開と思っても実際は七分咲きなんですよ」と言うのが、家内の口癖である。

花盛りの休日には、桜見物の人が橋の上を埋めつくして通れなくなるので、池の北側を迂回《うかい》する。そこから眺めると、池が桜花にふちどられているのが一望できて壮観である。

そのような桜を眼にすると、故人になった篤志《とくし》面接員のNさんが口にした話を思い起す。篤志面接員とは、法務省の依頼を受けて、死刑囚や長期刑囚の相談相手になる無報酬の民間人である。それらの受刑者に心の安らぎをあたえる、人格秀《すぐ》れた人たちである。

受刑者の中には句作に気持ちの安らぎを求める人が多く、専門の俳人が指導にあたる。俳句を好む受刑者たちが刑務所内の一室に集まり、句会を催す。

そこで作られた俳句を、私はしばしば眼にしたが、秀れたものが多く、それは閉ざされた世界に身を置いているため、感覚が研ぎ澄まされているからなのだろう。

Nさんの話は、春の句会の折のことであった。

Nさんが長期刑囚たちと、指導する俳人がくるのを部屋で待っていた。戸が開き、俳人が姿を現わした。

その瞬間、受刑者の間から得体の知れぬ声が噴き上げ、勢いよく立ち上がる者もいた。異様な声に、部屋の外にいた刑務官が非常事態が起こったと思ったらしく、部屋に入ってきた。

受刑者たちは、俳人がかかえているものに視線を据えていた。眼を大きく開き、食い入るように見つめている。

俳人は、満開の桜の花がついた枝をかかえていた。花の季節なので、俳人は句会の席題を桜にしようと考え、桜の枝を持ってきたのである。

「感動と言うのでしょうか、その折の受刑者の眼の輝きは、今でも忘れられません」

と、Nさんは言った。

受刑者は獄房で寝起きし、昼間、作業場に行っても、そこが閉ざされた世界であることに変わりはない。運動する場所も高い塀《へい》にかこまれ、空をよぎる鳥や稀《まれ》にではあるがまぎれ込んできた昆虫《こんちゆう》を眼にするにすぎない。

春の季節になれば、桜の咲く堤や公園を思い起こすのだろうが、長い獄房生活でそれは幻影に近いものになっている。

そのようなかれらの前に、突然、俳人のかかえた桜の花が現われた。かれらはその花に、われを忘れて甲高い声をあげ、立ち上がったのだ。

桜の枝は、刑務官の運び込んだ大きな花瓶二個に分けられ、挿された。

俳人が、席題を「桜」とすると言って、句会がはじまった。

しかし、受刑者たちは桜を見つめ、紙に鉛筆を走らせようとして視線を落としても、すぐに眼を桜に向ける。いつもは、受刑者たちは、受刑者同士、または俳人との間でなごやかに言葉を交す。が、その日はだれも口をきかず、一種おかしがたい沈黙がつづいた。

「句会にはなりませんでしたよ。句を作った人は少なく、作った句も焦点が定まらぬものばかりで、俳人の先生は失敗でした、と控室にもどってからにが笑いをしていました」

Nさんは、思い出すような眼をして言った。

私は、その話に桜というものが日本人には特殊な意味を持っているのを感じた。他の花では、受刑者たちはこのような激しい心の動きをしめさなかったにちがいない。

公園の池をふちどる桜を眼にするたびに、Nさんの口にした話が思い起こされる。桜に甲高い声をあげた受刑者たちは、今では出所しているのだろうか。

Ⅳ　酒肴を愉しむ

緑色の瓶

今は、清酒のよき革命時代だ、と私は思っている。

数年前までは、大ざっぱに言えば、清酒の味はいずれも似たりよったりであった。××という銘柄の酒がいい、と言うので飲んでみても、そう言われればそうかも知れない、という程度で、他の銘柄とそれほど差があるとも思えない。

そのうちに、○○という酒が日本一などと唱える人がいて、それならと飲んでみるが、××とどこがちがうのか、と首をかしげる。

そうしたことが繰返され、他人様《ひとさま》の説など一切無視しようと、自分なりに酒から酒へと遍歴し、これがいいじゃないか、と愛飲する酒を見出しても、年によって酒づくりが悪いのか、いつの間にかそれも飲むのをやめてしまう。

端的に言えば、どれもこれもどんぐりの背くらべで、その中をうろうろ物色して酒を飲みつづけてきた、と言っていい。

ところが数年前から、うまい酒が踵《きびす》を接するようにぞくぞくと出てくるようになった。

私が本格的に酒を飲むようになったのは戦後十年ほどたってからだが、その後、無個性ともいえる酒ばかり飲んできたのに、ここに至って個性豊かな酒が数多く眼の前に現われてきたのである。

地方に旅をすると、少し前までは料理屋で出す酒は、著名な酒造会社の酒ときまっていた。

「地酒はないのですか」

ときいても、

「私のところは、一流銘柄のものしかお出ししておりません」

と、誇らしげに答える。

だれでも知っているそのような銘柄の酒なら、東京でも飲めるし、旅に出たのだからその地方の酒が飲みたいのだが、それが通じない。

酒席というものは、少しでも波風を立てるようなことをしてはいけない、というのが私の流儀だから、無理に地酒を出して欲しいなどとは口にせず、「一流銘柄」の酒を黙って飲む。

それが、数年前から様子が変ってきた。

旅をして料亭などにゆくと、

「評判の地酒があるのです。試しに飲んで下さい」

と、四合瓶をテーブルに置く。流行なのか、瓶はレミー・マルタンのそれに似た緑色のものが多い。

すすめるだけあって、ほとんどがうまい。芳香がするものもあり、味がすこぶるいい。中には、少しつくりすぎだな、という味のものもあるが……。

また、地方の人から地酒を送ってくれることが時折あるが、これも例外なくうまい。日本全国に美酒が至る所に輩出している観すらある。

素人《しろうと》の私にはなにがなんだかわからないが、なぜ数年前からこのように個性のあるうまい酒が出まわるようになったのだろう。理由はむろんあるはずだが、そんなことはどうでもよく、うまい酒を毎夜口にできるのがありがたい。

それらの酒は、冷たいままでお飲み下さい、と酒に添えられたパンフレットなどに書いてある。そのような注意は、私には不要である。二十年近く前から、私は、酒を燗《かん》することはせず飲んでいる。人によって好みがあるが、私は冷たいままで飲むのが好きである。

コップで飲む人がいるが、私は酒を大切に飲みたいのでそのようなことはしない。ワイングラスに酒を注ぎ、ひと口飲んでは、

「うまいね、こいつは……」

などと、つぶやく。

うまい酒をつくってくれている人に、心からお礼を言いたい。趣味というものの全くない私には、酒を味わうことが唯一《ゆいいつ》の楽しみであるからだ。

眠り酒

私は、酒を飲むのを楽しみにしている。毎日、欠かしたことがない。

酒は私にとって誘眠剤の役目をしてくれていて、寝床に入ると熟睡し、朝の目ざめはすこぶるいい。

私の親しい三十代の編集者は、小料理屋やバーで飲んでいる途中で眠る。必ず眠る。

徴候は、かれの眼にあらわれる。瞼《まぶた》が少しゆるみ、次には焚火《たきび》にあたり過ぎたような眼になってくる。それを私は、ひそかにたきび眼と呼んでいる。

たきび眼になると、かれはすでに眠りの領域に入っているので、私は口をつぐみ、一人で静かに酒を飲む。その頃には、かれの眼は閉じられていて、頭を垂れて眠っている。

かれは独身で、もしも恋人ができ、一緒に飲んでいる時、眠ったら彼女はどのように思うだろうか。せっかくの楽しい語らいに眠るなどとは愛情のないしるしだ、と考えるにちがいない。それとも、私だから気持ちも安らいで眠っているのだ、といとしさを感じるのだろうか。

そんなことは大きなお世話だ、などと思っているうちに、かれはぱっちりと目ざめ、いきいきとした表情で、杯を手にし、話しはじめる。

かれの場合、途中で二十分ほどひと眠りする人だ、と初めから思っているから気にならない。

しかし、数回飲んだことのある年長の編集者は、完全に眠ってしまうので当惑した。かれは、私の存在も忘れるらしく畳にごろりと横になり、眠ってしまう。いつまでたっても起きず、腰をあげる時刻になって声をかけ、体をゆすっても生返事をするだけである。

やむを得ず、体を引き起し、外に連れ出してタクシーに乗せる。が、かれはまだ眠っていて、運転手さんが困るのは目に見えているので、私も乗る。

かれの家のある町の名はきいているので、運転手さんに行先を告げ、車は走る。不思議なことに、家の近くに行くと、必ずかれは眼をさまし、家の前につくと私ににっこりと笑って最敬礼をする。

私は、かれと飲む時にはタクシーで送る覚悟をしていたが、この四、五年飲む機会がない。人づてにきくと、奥さんにこんこんと意見され、それに従って外で飲むことはひかえているらしい。

睡眠

時には禁酒をすることがある。

肝臓の機能検査で数値が正常値を超えたり、執拗《しつよう》な風邪にとりつかれたりした時などで、一カ月にも及ぶことがある。

飲酒は、私にとって快い誘眠剤のようなもので、禁酒をした夜は眠れない。

しかし、私はいっこうに気にしない。若いころ大病をした折の経験があるからである。

肺結核で、二十歳の正月から三年間、ほとんど病床に臥《ふ》していた。病人が身を横たえるのは、体をやすませるためで、安息によって病気を治癒《ちゆ》させようとするのである。

禁酒をして眠れなくても、体を横にしているのだから十分なのだ、と思う。目を閉じながら幼い頃のことを思い起こしたりする。それが楽しい。

眠ろうとして読書などはしない。安息の時間なのだから、目を閉じて時々寝返りをうつだけである。

天窓がかすかに明るくなり、夜明けだ、と思う頃、必ず眠りが訪れる。大病で寝たきりになっていた時は、昼間うつらうつらしていて、夜は目ざめていたことが多い。が、医師の忠告を守って体を横たえることをつづけた結果、三年後には病気と縁が切れた。

私は眠れぬことなど一切気にかけない。

酒の戒律

「酒」というユニークな雑誌が、廃刊になったときく。或《あ》る時期から他の人に編集をまかせたらしいが、佐々木久子さんが長い間編集長をしていて、高名な小説家や評論家などが酒についての随筆を寄せていた。

年に一度、大相撲にならって文壇酒徒番付表が雑誌の折込みになって、酒の強さ、酒品などを参考に番付が組まれ、評判であった。

それはいつの間にか姿を消したが、たしか最後の番付表に東の横綱は私、西の横綱は藤本義一氏とあり、驚いた。

たしかに私が千鳥足になったのは、焼酎《しょうちゅう》をコップ十七杯飲んだ時だけで、お銚子《ちょうし》二十八本並べたこともある。しかし、それは三十代半ばまでの、酒の飲み方も知らぬ愚かしい時期のことで、五十代になってからは酒量を制限していたので、幕内の中位ぐらいが妥当だと思っていたのである。

その後、さらに酒量はへって、現在では十両ぐらいになっている。ただし、力士が連日稽古《けいこ》にはげむように、酒は毎日欠かさない。

五年ほど前までは、夕食時から午後十二時近くまで飲んでいたが、年齢のことを考え、夕食はしっかりとって、酒は午後九時からとした。それによって体調が目立ってよくなった。

元横綱として言わせてもらえば、酒には戒律が必要で、それをかたく守ることによって酒は無上の楽しみになる。

私は、午後六時前には、たとえ旅先であっても決して酒を口にしない。外で酒を飲む時は六時以後、家では九時以後。

これを厳守しているので、二日酔いになったことはない。

酒がもとで命をちぢめる人がいる。それは昼間から酒を飲んでいる人であり、ウイスキーなどアルコール度の強い酒を水などで薄めず飲む人である。このような命をちぢめた人を、私は数知れず見てきた。

家内の短大時代のクラスメートである女性が来て、共に夕食をとることがある。

「鍋物《なべもの》なのだから、少しお酒を飲みましょうよ」

などと言って、家内は彼女と杯を手にする。

御飯を食べている私に彼女は気がねするが、家内は、私が九時以前は飲まぬ定めであることを説明し、

「犬みたいでしょう。おあずけと自ら命じて、それをあくまで守っているのよ」

と、笑いながら言う。

私は、決してすねているのではなく、時折思いついて彼女たちの杯に酒をつぐ。

下戸の主人公

現在、総合雑誌に連載予定の歴史小説を書き進めている。

主人公は、幕末にフランスへ行って医学をまなんだ高松凌雲《たかまつりょううん》という人物である。幕府崩壊後、榎本釜次郎《えのもとかまじろう》（武揚）の旧幕府軍に身を投じ、官軍と榎本軍が戦った箱館《はこだて》戦争では、軍陣病院の頭取をつとめ、凄絶《せいぜつ》な月日を送った。

私は、この医師の生き方が興味深く、あたかも私が高松凌雲になりきったように筆を進めている。

一つ、困ったことがある。

かれの書いた回想記に、「平常は三勺《じゃく》の酒にも酩酊《めいてい》」と書かれているからである。三勺というと、杯二、三ばいか。そのような僅《わず》かな酒で酔うとは、あきらかに下戸である。

これまで私が書いてきた歴史小説の主人公は、いずれも愛酒家で、中には人相書きに「大酒の由《よし》」などと、酒豪であると記されている者もいる。

「あたかも私が高松凌雲になりきったように」と前述したが、毎日酒を欠かさぬ私には、下戸であるということがどのようなものか理解できず、その点では凌雲にはなりきれない。

身近かに下戸の友人がいるので、いろいろときいてみているが、それで得たものはうわべだけのものにすぎない。

それに酒が飲めないとなると、小説を書く上で筆が思うように伸びないきらいがある。たとえば、病院にかつぎこまれた多くの悲惨な負傷者の手当てをした後、疲れ切った主人公はどうするのか。酒好きの主人公なら、私は酒を飲んだと書き、恐らくそれは百パーセントまちがいないだろう。

しかし、下戸である凌雲の場合、酒を飲んだと書くわけにはゆかない。ぐったりと椅《い》子《す》の背にもたれて、薄く眼を閉じていたなどと書く以外にない。

また、夜、久しぶりに親しい友人がたずねてきた時、杯を交し、歓談したなどと書く

 こともできない。そのような時、凌雲はお茶だけ出したのか、それとも友人には酒を出し、自分はお茶を飲んでいたのか。

私がその友人なら、自分だけ酒を口にするのは気まずいし、凌雲もなんとなく落ち着かないだろう。

いわば酒は、小説を書く上での必要な小道具である。主人公が下戸である小説を書いている私は、自分も下戸であったらよかったのに、とそんなことまで考えている。

店　主

東京に著名なふぐ料理屋があって、招待を受けて出向いたことがある。

飲み物は？　というのでまずビールを、と言ったところ、

「ビールは、ふぐの味を消しますので、お出ししておりません」

と言う。

私は呆気《あつけ》にとられたが、さからう気もなく日本酒を頼んだ。

店主はそのような信念をいだいているのだろうが、客はさまざまである。ビールでふぐの味をこよなく味わえる人もいるだろう。人には個人差があり、店主の好みを客に押

しつけてはいけない。店主は客を第一と考えるべきである。

家内と喫茶店に入った。

テーブルに、当店のコーヒーには砂糖をお出ししません、と書いた紙がのっている。コーヒーはアルカリ性で、砂糖を入れると酸性になり、コーヒー本来の味が失われるのだという。

むずかしい店に入ってしまった、と後悔したが、家内が、

「ミルクはいただけるのでしょうか」

と、おそるおそるたずねた。

「お望みでしたら……」

店主が蔑《さげす》んだような眼をして、ミルクを持ってきた。

私たちは、白けた思いでコーヒーを飲んだ。

八百屋さん

講談社から随筆集が出ることになり、編集者のNさんが表紙裏に私が酒を飲んでいる写真をのせたい、と言った。

かれと打ち合わせた結果、私がよく行く「あらまさ」という浅草の郷土料理店で写真をとることになった。

お客さんに迷惑をかけては申し訳ないので開店前に撮影することにきめ、Nさんが店主に連絡をとった。

当日、私が店に行くと、すでにNさんとカメラマンが待っていて、私はNさんの指示でカウンターの前に坐《すわ》り、肴《さかな》に箸《はし》をのばしたり杯をかたむけたりした。カメラマンが、さかんにシャッターを押す。

私は撮影されている間、店主の表情が気になってならなかった。ポカンという表現があるが、店主は呆気にとられたように私をながめている。なぜ、そんな顔をしているのか、私は気がかりであった。

次に店に行った時、事情のすべてがあきらかになった。私はその店に十年ほど通っていたが、店主は私を小説家だとは知らず、私がなぜ写真にとられているのか、理解できなかった、と言った。

「お客さんを、近くの八百屋さんの御主人と長い間思いこんでいましたよ。そっくりですもの」

瓜《うり》二つの人がいるとは。私は急に落ち着かなくなった。

代打

私の先祖は、十代前まで現在の静岡県内で暮らしていた。それ以前のことは、よくわからないが、家紋が鹿児島方面に見られるときいたことがあるから、先祖は鹿児島の出なのかもしれない。

九州、四国を旅すると、吉村という姓が、かなり一般的なものであるのを知る。吉村接骨院、吉村時計店などという看板が目に入る。

しかし、東京から以北では吉村姓の人はまれである。小学校、旧制中学、高等学校、大学と過ごしたが、一人として吉村姓の友人はいなかった。吉村と言えば私であり、一人でその姓を負っているような責任感に似たものもおぼえている。

プロ野球の巨人軍に吉村という選手がいる。ＰＬ学園出身だというから、関西方面の出身なのだろう。

近くの鮨《すし》屋は、店主をはじめ客の大半は熱狂的な巨人軍ファンである。

夜、その店に行くとテレビにプロ野球の試合が映し出されている。吉村選手は、もっぱら代打で登場する。

「頑張れよ、吉村」

客の声に、私は、自分が気合を入れられているような気になる。塁打やホームランを打つと、客は賞賛の声をあげるが、三振や凡打をすると、

「だらしがねえぞ、吉村……」

と、舌打ちをする。

かれが代打に出ると、私は小さくなって飲んでいる。

ありがた迷惑

中学校時代の友人が、ふぐ料理屋に招待された折のことを話した。それは著名な料理屋で、初めに出たふぐさしに満足したが、つづいて出たふぐちりにはうんざりしたという。

座敷づきの店の女性が土鍋に具を入れ、程よい煮加減になると、それをポン酢の入った小鉢に次々に入れてかれの前に置く。かれは箸をのばして口に入れるが、女性は小鉢に具を入れることをつづける。

酒を飲み談笑しているうちに、小鉢には具が山盛りになり、それらは冷えて、ポン酢にひたった野菜などはぐにゃりとしている。

「なぜあんなことをするのかね。せっかくのふぐちりも台なしだよ。招待されているのだから、やめてくれとも言えないしね」

かれは、顔をしかめて言った。

私にも同じような経験があるので、その気持がよくわかる。

鍋料理は、自分の好みのものを熱いうちに食べるところに魅力がある。野菜も生煮えのうちにとって、ポン酢を少しつけて口に運ぶ。その楽しみを、小鉢に具を入れつづける女性はぶちこわしにしている、と言っていい。

客の中には、殿様然としてそのようなことをサービスとして喜んでいる人もいるのかも知れない。しかし、私にはありがた迷惑で、早く食べろとせかされているようで落着かない。

そのような味気ない思いをしないために、私は、ふぐを食べたい時には値段も安い、傍らに女性がつかぬような庶民的な店に行く。思うままに土鍋に具を入れ、煮え加減を見すましてこれと思うものに箸をのばす。

酒を味わい、同席の人と会話を交し、ゆったりと好みのものを食べる。それが鍋料理の楽しみである。

バーなどで、店の女性がフォークにチーズや果物を刺して客の口の前に差し出すことがある。私は、自分で食べるから、と言って辞退する。

少年時代、動物園に行くと、客が小銭を払って先のとがった鉄製の棒に輪切りにしたにんじんや芋を突き刺し、檻《おり》の中の猿などにあたえていた。

フォークに刺されたチーズなどが眼の前に突き出されると、動物園のその情景が思い起される。また、若い頃、重病で絶対安静の身で寝ていた時、付添いの女性に食物を口に入れられていた折のこともよみがえり、暗い気持にもなる。

幸いにして自分で思うままに食物を口に運ぶことのできる私は、自由に好みのものを食べたいのだ。

そばを食べる

いつの頃からか、家では昼食に麺《めん》類をとるようになっている。それも少年時代からなじんだそばを食べることが多い。

家内がそばのうまい福井から干しそばを取り寄せ、時には気に入ったそば屋に出掛ける。

銀座の著名なそば屋では、コロッケそばという品目がある。かけそばの上にコロッケがのっている。奇妙な取り合わせだが、私にはその気持がよくわかる。

わが家の昼食のそばは、いわゆるざるそばで、汁をつけて食べるが、副食物をコロッケにすることがある。これがそばには良く合い、それだからコロッケそばがその店の名物に近いものになっていることがわかるのである。

ただし、私はその店でコロッケそばを食べたことはなく、客が食べるのを横眼で見ているだけである。なぜ註文しないのか。私には勇気がないのである。保守的な人間なので、うまいだろうとは思うものの、新しいもの珍しいものには手が出ないのである。

そばは三筋か四筋、箸でつまんで汁をつけて食べる。が、そば屋で客が、もつれた糸のようになった量の多いそばをつまんで、困っているのを見ることがある。

箸でつまんだそばを何度も振ったり、それでも駄目だと知ると、箸で丹念にそばを切る。

そば屋の職人は、そばを笊《ざる》の上にひろげ、その上にそばを少しずつのせてゆく。食べる者は、それを逆に、盛った頂きから少しずつつまんでゆけばよいのに、麓《ふもと》の方から、またはそばの下方に箸を突っ込んでつまむから、そばがもつれにもつれて、どうにもならなくなるのである。

そばのうまい地方都市に旅をした時、その地に住む知人にそば屋に連れて行ってもらった。

そばが来て、私は、箸をとったが、近くの席に坐っている男のそばの食べ方に驚いた。

そばを多量に箸でつまみ、それを汁の入ったちょこに入れた。そばは、吊《つ》り橋のように笊とちょこの間に張られた形になった。

どのように食べるのか視線を走らせていると、かれは汁のついたそばをそのまま口に運んだ。口にくわえたそばが、笊にあたかもナイヤガラの瀑布《ばくふ》のようにつながっている。

私は、見てはならぬものを見たように、視線をそらせてそばを食べた。

大学時代の後輩で現在、大学の教授をしているK君が、拙宅に用事でやってきた。用件がすんで茶を飲みながら雑談をしている時、K君が学生時代に私とそば屋に入った折のことを話した。

「私がそばを食べはじめると、なぜ、そばを噛《か》むんだよ。噛むものじゃなくすするんだよ、と言いましたね」

私には記憶がないが、そんなことを言ったのかも知れない。たしかにそばは、もぐもぐと噛んで食べるものではない。

洋食のスープは、音をさせてすするのははしたないが、そばは、音を立ててすする食物である。そばを食べる外国人も、音を立ててすすっている。

そばにも、そばを食べる仕来《しきた》りがあるのである。

人の列

終戦の年の元旦《がんたん》に、町の諏訪《すわ》神社に初詣《はつもうで》をしたことが思い起される。

当時の記録を見てみると、一月一日午前〇時〇五分にアメリカ爆撃機B29六機が東京に焼夷弾《しょういだん》を投下、四十一棟が焼失している。B29は房総半島から退去し、〇時三十分に警戒警報が解除されている。

私が家を出て神社にむかったのは、警報解除後にちがいなく、恐らく午前一時頃であったのだろう。私は十七歳であった。

道は濃い闇《やみ》につつまれていたが、驚いたことに家々から子供をまじえた多くの人が出てきて高台にある神社へむかう。空襲で明け暮れしていた当時も、私をふくめてだが、人々は新しい年を祝って初詣をしていたのである。

その後、私は大晦日《おおみそか》の夜、ラジオやテレビから除夜の鐘の音がしはじめると、神社へむかうことを繰り返してきた。

現在の地に二十六年前移り住んでから、近くの弁財天に初詣をしていた。初めの頃は参詣人《さんけいにん》が少く、焚《た》かれた篝火《かがりび》に長い間手をかざしたりしていた。が、年を追うごとに人の数が増し、四年前に行った時には弁財天の前の橋に行列がつくられていた。

それを眼にした私は、その年をかぎりに深夜の初詣をやめ、翌朝、弁財天に行くようになった。私は、並ぶことに生理的な嫌悪《けんお》感があるのである。

終戦前後、人々はよく並んだ。配給の食料品を受取るのに並び、制限されていた列車の乗車券を買うのに夜のうちから並んで、朝ようやく手にするのが常であった。外食券食堂の前にも長い列が出来ていた。

当時、並ぶことは生きるために必要であった。が、平和である現在、並ばなくても生きていられる。

味が良いので評判のラーメン屋の前には、いつも列ができている。一度は味見をしてみたいと思ってはいるものの、横眼で見て通り過ぎるだけである。

並んでいるのは、若い男女である。その中に私のような年齢の者が並んでいたら、侘《わび》しい姿にみえるだろう。

そうした恥しさもあるが、私には並ぶということ、そのものができない。列車の乗車券や航空券を買う時に並ぶのは当然だが、私は食物を口にするために並ぶ気にはなれないのである。

終戦前後の、幾分大げさに言えば飢えをまぬがれるために並んでいたことがよみがえる。食物を口にできなければ死ぬという、人間の悲しさが胸をしめつける。終戦後五十年以上もたっているのだから、もうそのようなこだわりはいいではないかという気持はある。が、愚かしくもその当時のことが、今もって根強く残っている。ラーメン屋の前に並んでいる若い人たちの表情は明るい。生きるためではむろんなく、うまいものを食べる期待をもって並んでいる。

私は、うらやましさを感じながらその店の前を通り過ぎる。

長崎の味

長崎に初めて行ったのは三十年前で、それから現在まで百回近く訪れている。主として歴史小説の史料収集のためである。

長崎は食物のおいしい町で、昼食には名物の皿うどん、時にはちゃんぽんを口にする。それらを商っている店が多く、町の人がすすめてくれた店に入る。が、他の人は、あの店よりこちらの店の方がいい、と言うので教えられた店に行く。

そんなことが繰返されて、私は十店ほどの店をあちらこちらと歩きまわるようになった。

しかし、十年ほど前からは「福寿」という店に行き、ようやく私の店遍歴はやんだ。故人となった元図書館長に連れて行かれ、満足してその店に落着いたのである。

皿うどんと言っても中華めんで、太目のめんを油でいためたものと、細目のめんにとろみのある具がかけられているものと二種類ある。人によって好みがあるが、私は太目の皿うどんが好きである。

一人前七百円だが、量が多く、三人で食べる時は二人前で事足りる。が、それは私が年をとっているからで、やはり一人、一人前は必要なのだろう。

皿うどんをひと箸《はし》、口に入れた瞬間、ひどく幸せな気分になる。長崎に来てよかったな、と胸の中でつぶやく。また、これほどうまい食物は珍しい、とも思う。

油でいためてあっても、どういうわけか油のくどさがない。淡泊な感じがする。

いつも夢中で食べるので、具がなんであったかはっきりとはおぼえていない。蒲鉾《かまぼこ》の薄切り、きざんだ烏賊《いか》、貝の身それに野菜が入っていたか。

そんなことはどうでもいい。まことにうまいのである。昼食用に他においしいものもあるのだろうが、長崎に行くと昼食は必ず皿うどんときめている。

ささやかな憩《いこ》い

家から五十メートルほどの所に、富寿司《ずし》という鮨《すし》屋がある。

夫婦で店をやっていて、いずれも人柄が良い。店主は岩手県生れで、故郷の訛《なま》りが消えない。値段が安いので地元の人がよく利用する。

私は、週に一、二度足を向ける。夕方、拙宅に編集者の方がきた折には店に誘うこともある。長編小説の題名をきめる時、編集者とカウンターの前に坐《すわ》って酒を飲みながら考える。

不思議にその店で題名が浮ぶことが多く、「長英逃亡」「破獄」などという題は、その店で生れた。

店主とその妻は、野球が好きで巨人軍の大ファンである。店主には一つの癖がある。テレビで野球放送を熱心に観《み》ているが、巨人軍の形勢が悪くなるとチャンネルをかえる。

私も家で野球放送をテレビで観ていて、巨人軍が負けていると店に行かぬが、逆転して勝利が確定したのをたしかめると、店に足を向ける。

しかし、店のテレビには他の番組が映っていて、巨人軍優勢を伝えると、店主はあわてて野球放送にする。が、すでに放送は終っていて、つまりかれは、巨人軍が逆転勝ちした試合は一度も観たことがないのである。

かれは巨人軍が負けていると、投手がだらしないとか、あそこで打たなければどうにもならない、と、ぶつぶつつぶやきながら鮨をにぎっている。

私は、にやにや笑いながら杯をかたむけている。野球を観るのは好きだが、これと言ってひいきの球団はなく、巨人軍が勝とうが負けようがどうでもいいのだ。

珍しく夜にかなりの雪が降った朝、私の家の前の露地がきれいに雪搔《ゆきか》きされていた。雪国育ちのかれが早朝に雪を除去してくれていたのだ。

終日、書斎にとじこもっている私は、富寿司に足をむけるのをささやかな憩いにしている。

庖《ほう》丁《ちょう》

十年ほど前、浅草の小料理屋に時折り足をむけていた。

或《あ》る夜行くと、突出しに珍しいものが出た。

「旦那《だんな》、それなんだかわかる？」

カウンターの中の店主が言った。

「豚の睾丸《こうがん》の刺身でしょう」

私は一度、食べたことがある。摺《す》りおろしたニンニクの入った醬油《しょうゆ》につけて食べる。なかなか結構なものである。

「よくわかったねえ。一カ月出したけど、あてたのは旦那だけだ。その方面の仕事をし

ている の？」

私には小説家らしい雰囲気がないらしく、刑事にまちがわれたり、工務店の経営者などと思われたりする。それはそれで気楽なので、そのままにする。

「何頭飼っているの？」

「二千ばかり」

「餌代《えさだい》が大変だろうね」

「いや、水道料が一番かかる。いつも水で飼育場を洗って清潔にしておかなくてはならないから……」

この答で店主は、なるほどねぇと感心し、私を養豚業者と信じこんだ。

その後、家内を連れて行った時、

「奥さんも仕事で大変だね」

と、店主が言った。

家内も小説を書いているので、そのことと思ったらしく、

「いえ、それほどでもありません」

と、答えた。

私は、家内に養豚業者と思いこまれていることをささやいた。

「いい加減になさい。もしもあなたが小説家だとわかったら、あの方、だまされたと言

って怒るわよ。庖丁を持っているんだから……」

妻は、呆《あき》れたように言った。

その後、私はその店に行くことをしなくなった。

うどん

二十年ほど前、文芸春秋主催の講演会で、香川県の観音寺市に行った。駅についたのは正午少し前で、地元の後援会の方たちが出迎えてくれた。

昼食を、ということでうどん屋に案内された。

不躾《ぶしつけ》ながら、私は不思議に思った。講演会のもよおされる地に行くと、後援会の方たちは、その地自慢の食物を出す店に案内してくれる。それは魚であったり牛肉であったりして、ありがたく頂戴《ちょうだい》する。

現在、六十歳代後半の私は、旅に出ると昼食は麺《めん》類かサンドイッチなどですます。年齢相応の軽い昼食をとる。

しかし、観音寺市に行った頃は若く、食欲も旺盛《おうせい》で、昼食にうどんというのが幾分腑《ふ》に落ちなかったのである。

それに東京の下町生れの私には、そばは大人の口にする食物だが、うどんは女性や子供、病人の食べるものという概念がある。関西やそれ以西の人が、東京のうどんはまずいと口癖のように言うが、私はうどんはまともな食物とは考えず、おかしなことを言う、と思っていた。

そうした私だけに、うどん屋に案内されたことがいささか合点がゆかなかったのである。

カウンターに坐った私の前に、大きな丼《どんぶり》に入った天ぷらうどんが置かれた。

私は、箸を手にうどんを口にした。

うっ、と私は呻《うめ》いた。なんといううまさだ、と思った。うどんそのものもうまいが、汁がまた絶妙だ。

私の知っているうどんとは、全く別種のもので、これがうどんというものか、と感嘆した。西の生れの人が、東京のうどんはまずいと言うのも当然すぎるほど当然だ、とも思った。

観音寺市の人がうどん屋に案内して下さったのは、実に当を得ていて、私は感謝の念をいだきながら陶然と箸を動かしていた。

幻のラーメン

札幌市に旅をすると、必ず「やまざき」というバーに行く。店主の山崎達郎さんは、バーテンダー協会の要職にあって、人間としても立派な方である。

いかにもクラシックバーという感じの店で、カウンターの中は男性だけで女性はいず、勘定も安い。私は店名にちなんで、サントリーの「山崎」というウイスキーをキープしている。

「やまざき」でいい気分になった私は、近くにあるラーメン屋に入るのを常としていた。

私が味噌《みそ》ラーメンを食べたのはこの店が最初で、天下に名高い札幌ラーメンのうまさを知ったのはこの店であった。

編集者のKさんをこの店に案内した時のことは、今でも忘れられない。Kさんはひと口食べるとしばらく黙り、

「うまいなあ」

と、言った。

今でもKさんは、あの味噌ラーメンがこれまで食べたラーメンの中で最高だ、と言っている。

ともかくうまいのである。私はラーメンを作っている四十年配の店主に畏敬《いけい》の眼をむけながら、箸を動かしていた。

ところが、十年ほど前、そのラーメン屋が消えてしまった。私は落胆し、だれにきいたのか忘れたが、消えた事情を知った。

店主はバクチ好きで、パチンコ、競馬に熱中していた。店は繁盛《はんじょう》していたが、バクチで借金がかさみ、夜逃げしたのだという。

誠実そうなあの人が、そんなことに精神を蝕《むし》ばまれていたのか、と思った。

その後、うまいラーメンを求めて、札幌の夜の町を歩きまわったが、バクチ好きの店主が出していたラーメン以上のものにはお眼にかかれない。

絶妙な味のラーメンを出す店が幾店も札幌にあるのだろうが、私は不運にもそれを知らないのである。

鯛《たい》めし

永六輔さんに一度会ったことがある。松山空港の食堂で県内紙の記者に紹介されたのである。

四国のどこかに行った永さんは、飛行機で帰京するところで、

「どちらに行かれたのですか」

と、私にたずねた。

宇和島ですと答えると、永さんは、突然大きな声をあげて、

「鯛めしをお食べになったんですね。宇和島に行きたいなあ」

と、言った。

宇和島市には「丸水《がんすい》」という料理店があり、そこで鯛めしを出す。

鯛めしと言うと、鯛の身をご飯にまぜて蒸したものを連想するだろうが、そうではない。うまく説明できそうもないのでしないが、鯛は新鮮な生のものとだけ言っておく。

永さんが声をあげたほど、この鯛めしはまことにうまい。編集者などと宇和島市に行った折には、必ず昼食をとりに「丸水」に行く。

鯛めしが出てきて、その食べ方を教えた私は、それを口にする編集者を観察する。

にわかにかれは眼を輝かせ、

「うまいですねえ」

と、息を吐くように言う。

私は嬉《うれ》しくなる。万人ひとしく感嘆するはずだ、と思う。

鯛めしのうまさは、ひとえに鯛の新鮮さにある。

早朝、魚市場へ行くこともあるが、形の良い魚が漁船からつぎつぎにあげられている。白身の小魚が蒲鉾《かまぼこ》にされているので、宇和島の蒲鉾は実にうまい。小料理屋では、ホータレ鰯《いわし》という小ぶりの鰯の刺身が出されるが、こりこりしていて堪能《たんのう》する。

宇和島は、魚に恵まれた町である。

最後の晩餐《ばんさん》

このエッセイは、表題のような題で書くのだという。

エッセイを依頼した本紙の文化部のKさんは、私の古くからの友人で、

「悪い趣味だなあ。こんな題のエッセイは私のような年輩者に頼むんでしょう」

と、冗談半分に言うと、

「いえ、若い方にもお頼みしてますよ」

と、Kさんはけろりとして答えた。

まあ、どうでもいい。私もいつかはこの世を去るのだから、死の直前になにを食べようとするか想像するのも悪くはない。

答えはすでにきまっている。アイスクリームである。

少年時代、町に焼き芋屋が所々にあった。鉄の平たい釜《かま》のようなものが据えられていて、そこに芋を並べ、大きな木製のふたをかぶせて焼く。

夏が近づくと芋は売らず、かき氷を売る。その店ではアイスクリームもつくり、モナカの皮のような丸い器に入れてくれる。

それがうまく、歩きながら食べる。時にはアイスクリームに塩の小さな塊りがまじっていることもあった。

列車の中でもアイスクリームを売っていた。経木《きょうぎ》の小さな長方形の容器に詰められていて、表面にヒマラヤだかの雪に覆《おお》われた山岳の絵が描かれた紙がのっている。これも食べるのが楽しみであった。

死の直前には、むろん食欲は失われ、固型物を口にはできないはずである。アイスクリームなら、咽喉《のど》に流しこめるはずである。ごく上等のアイスクリームを買ってきてもらい、それをスプーンですくって口に入れてもらう。

恐らく私は、少年時代、焼き芋屋で買ったアイスクリームを思い、列車の車窓に眼をむけながらアイスクリームをすくった折のことを思い起すだろう。そんな思い出にひたりながら死を迎えるのも悪くはない。

V 旅に出る

偽《にせ》者《もの》

ある出版社の編集局長から、注意されたことがある。

「吉村さんは、小説の資料調べに旅をする時、必ず一人で行く。たまには若い編集者を連れて行ってやって下さいよ」

小説家がどのように資料調べをするのか、それを知ることが編集者の財産になるのだという。

そうは言われても、私はひそかに一人で行く。編集者と同行すれば、自然に旅費は出版社が持つことになる。私がその資料を使って小説を書けば、原稿料が入り、それなのに出版社に調査費を払わせては申し訳ない気がするのである。

九州の地方都市に資料集めの旅をした。私が書いている歴史小説の主人公が赴いた地で、行く必要があったのである。

あらかじめ市の教育委員会に電話をし、訪れる趣旨を説明して出掛けて行った。

市役所に行き、教育委員会の課長に会った。課長は、親切にも委員会の若い男と女の職員を案内役にしてくれた。

図書館に行って資料をあさり、さらに関係のある地をまわり、私は旅の目的を十分果して満足だった。

二人の職員の好意に対するお礼の意味で、市内の小料理屋に行って酒を飲んだ。酔いで体が温くなった頃、男の職員が、

「実は、課長から先生が偽者かも知れないから注意するように、と言われましてね」

と、言った。

課長が言うには、私が書いている歴史小説は新聞に連載されていて、当然、その新聞社の記者が同行し、出版社の編集者がついてきていても不思議ではない。

そのため課長は、あらかじめ市内のビジネスホテルに三室を予約しておいたが、現れたのは私だけで、しかも小説家らしさは全くなく、それで偽者かも知れない、と思ったという。

私は可笑《おか》しくてならず、二人に、まちがいなく本物だから心配しないように、と笑いながら何度も念を押した。

愉快な酒になり、なおも私が、本物だという言葉を口にするたびに、かれらは笑った。

自分の仕事なのだから、自分で調査をする。それは当然のことで、たとえ偽者と疑わ

れようと、これからも私の一人旅はつづく。

天《てん》狗《ぐ》勢《ぜい》

歴史小説を書いている時には、小説の舞台になる地を訪れ、資料集めをし、ゆかりの地にも足をむける。

「天狗争乱」という小説を書いた折、或《あ》る建物を眼にして不思議な感慨にひたった。

天狗勢約千名は、京をめざして水戸藩領から途中諸藩と戦闘も交えながら長い距離を移動し、現在の岐阜県下から雪の山越えをして福井県下に入った。さらに雪の山中を進んで、敦賀《つるが》市に近い新保という村にたどりつく。

前面には、加賀藩をはじめとした幕府側諸藩の大軍が陣をしき、武田耕雲斎以下天狗勢の幹部は、新保村の庄屋《しょうや》塚谷家の広間で協議の末、降伏を決定した。かれらは敦賀に移送され、無残にも三百五十二人が斬首《ざんしゅ》された。

私は、敦賀市在住の詩人岡崎純氏の車で新保村に行き、塚谷家に行った。門があり、その奥に二間つづきの広間があった。その広間が耕雲斎らが降伏を決議した場所であった。

驚いたのは、門も広間も当時そのままであることであった。私も遺跡を見ることを繰り返しているが、このように原形が保たれているのを眼にしたことはない。

私は、建物に入り、広間に坐《すわ》った。百三十年前、そこに坐って降伏をきめた耕雲斎らの息づかいが私をつつみこんできた。かれらはことごとく処刑され、その悲劇が身にしみた。

岡崎氏の話によると、過疎《かそ》の村なのでその門と建物がそのまま残されているのだろうという。今でも私は、坐った広間の畳の感触を思い出す。

高杉晋作

現在、文芸誌「新潮」に「生麦事件」と題する歴史小説を連載している。

事件は、薩摩《さつま》藩によって起こされて大きな国際問題となったが、余波が長州藩にも及んだので資料収集に下関市に行った。

郷土史家に会っていろいろと助言を得たが、今日、高杉晋作没後百三十年祭が墓のある菩提寺《ぼだいじ》で営まれるので行ってみないか、と言う。

高杉は幕末の激動期にきわ立った動きをしめした長州藩士で、当然私の書く小説にも登場する。

私は、すぐに承諾したが、没後百三十年ということに大きな驚きをおぼえた。

戦後すでに五十二年が経過しているが、東京大空襲を経験した私は、家が炎につつまれた空襲の夜のことを鮮明に記憶している。

高杉は遠い遠い幕末の人だと思っていたのに、わずか百三十年前に死んだ人であることを知り、幕末という時代がついこの間であるのを感じた。

私は、史家の運転する車で菩提寺に行き、墓の前に立った。甚《はなは》だ趣きのある墓であった。

史家が、長身の五十年輩の男性を紹介してくれた。晋作の曾孫《そうそん》で、大企業の要職にあるという。高杉姓であった。

氏はにこやかな表情をして、思いがけぬことを口にした。私の家のすぐ近くに住んでいるという。

「商店街に豆腐屋がありますでしょう。そのすぐ裏です」

さらに氏は、私が家内と連れ立って歩いているのをよく見かける、と言って、

「奥さんの方が、いつも買い物袋を多く持っていますね」

と、頬をゆるめた。

そうかも知れない、たぶんそうなのだろう、と私は笑った。

帰京して、私は豆腐屋の角を曲って歩いてみたが、高杉姓の標札がかかっている家はない。そんなはずがない、と少ししてからもう一度歩いてみた。細い路地があって、その奥に高杉と記した標札を見出《みいだ》した。

氏は、丁髷《ちょんまげ》をし大刀を手にしたら、いかにも似合いそうな武士然とした立派な風貌《ふうぼう》をしている。東京に高杉晋作が住んでいるのだ、と私はつぶやきながらその路地の前をはなれた。

氏の言葉もあって、私は家内と歩く時、家内より多く買い物袋を手にするようになった。本当にだれが見ているかわからない。

他処者《よそもの》

晩秋に長崎へ行った。現在文芸誌「新潮」に連載中の、「生麦事件」と題する小説の資料調べのためである。

親しくしている万年筆店に行くと、店主が、

「どうなさったんですか。一年以上もおいでにならず……」

と、驚いたように言った。

初めて長崎の地をふんだのは三十二年前で、その後、年に三、四回の割りで訪れ、今年のように一回のみという年はなかった。

それほどひんぱんに来ているので、長崎という町はよく知っているつもりであったが、乗ったタクシーの窓から若い女性の姿を見た私は、自分が単なる他処者に過ぎないのを感じた。

その女性は、自転車に乗っていた。他の地では珍しいことではないが、百回近く来たのに長崎で自転車を見たのは初めてであるのに気づいたのである。

なぜ、自転車が皆無に近いのか。それは坂が多く、乗り物として用を足さないからなのだろう。

長崎の町は、港を底にしたすり鉢のような町で、丘に家並がせり上っている。その景観を美しいと思っていた私は、初めて眼にした自転車に町の人の生活を知った。私が見ていたのは、うわべだけの町の姿であったのだ。

「銀嶺」というレストランに入り、コーヒーを飲んだ。その店は、ギヤマンや古伊万里《こいまり》などの焼物のコレクションがあるので知られている。

それらを眺めながら、地震があったら、大半が砕けてしまうな、と思った。

シーボルトの娘イネを主人公にした小説を書いた時、江戸時代、長崎には地震が皆無に近いという記録を眼にした。現在ではどうなのか。ギヤマンや焼物のことが心配になった私は、女店主に地震があるかどうかをたずねた。

「真っ青になったことがありますよ。でもテレビでは震度1とか2とかで」

と言って、笑った。

その言葉で、私は長崎にそれらの貴重な物が数多く残っている理由を知り、安堵《あんど》した。

タクシー

観光地でもある地方都市へ行った。

市役所の観光課長と会う機会があり、かれが、

「観光客が多く来てくれる最も重要なものはなんだと思います？」

と、言った。私が全国の各地を旅していることを知っているので、私の意見を求めたのだ。

「それは、タクシーの運転手さんですよ」

私は、即座に答えた。

気のきいた答えを期待していたらしいかれは、

「運転手さん？」

と、言った。

初めて訪れる地では、地理不案内なので駅などからタクシーに乗る。運転手さんは、いわば旅行者にとって最初にふれるその土地の人で、会社で言えば受付の人である。運転手さんの態度は、その地の印象を大きく左右する。感じがよければ、旅行者はその土地にほれこみ、観光施設も素晴らしいものに感じる。

「私の市の運転手さんはいかがです」

課長は、不安げにたずねた。

「非常にいいです。だからこの市を私は好きです。観光課長としてタクシー会社にお礼を言いに行きなさいよ」

私は、まじめに言った。

「そうしましょうかね」

課長は、思案するような眼をした。

ほのぼのとした旅

東北地方のある漁村に行った時のことである。たずねる人があって、バスの停留所でタクシーを呼んでもらい、乗った。

タクシーが走り出すと、運転手さんが、

「一〇二号車、実車」

と、マイクを手にして言った。

私は、呆気《あつけ》にとられた。この小さな村にタクシーが少くとも百二台はあるのか、と。どうにも落ち着かず、恐るおそる、

「この村には、タクシーが百台以上もあるのですか」

と、たずねた。

「二台だけど」

運転手さんは、答えた。

「でも、これは一〇二号車なんでしょう?」

「そう。もう一台が一〇一号車。一号車、二号車じゃ淋《さび》しいからね、百をつけたんだよ」

運転手さんは、こともなげに答えた。

私はひそかに笑い、納得した。これだから旅はいいのだ、と思った。

これも東北地方のことで、バスに乗っていると、運転手さんが、

「次は工藤さん前」

と、アナウンスした。

個人名が停留所の名称であるのは珍しく、よほど大きな屋敷なのか、と思った。が、停車したのは普通の家の前で、停留所の標識にも工藤さん前と書いてある。

バスが発車し、窓外に眼をむけた私は、停留所の名称が工藤さん前であるのを理解した。

あたりは一面の田んぼで、工藤さんの家がぽつんと一軒立っているだけである。他に標識になるようなものはなく、停留所を工藤さん前としなければならないのである。

能登半島の奥に入り、バスで金沢市方向に引き返した。

空席が多かったが、途中で高校生たちが乗ってきて席はうずまり、立っている者もいる。バスが停車すると、高校生が三、四人ずつ降りてゆくが、かれらは運転手さんに、

「ありがとうございました」

と一人一人頭をさげてバスの外に出てゆく。

この挨拶《あいさつ》で、私の旅はにわかに豊かなものになった。このような地が日本にも数多くあるのだ、と胸の中でつぶやき、私もバスターミナルで下車する時、運転手さんに、

「ありがとうございました」

と、自然に頭をさげた。

図書館

小説の資料収集に地方都市へ行くと、私は必ず図書館に足をむける。その都市の文化度は、図書館にそのままあらわれている。

図書館に関することは自治体の選挙の票につながらぬらしく、ないがしろにされている市もある。それとは対照的に充実した図書館に入ると、その都市の為政者や市民に深い敬意をいだく。

図書館は、市役所の機構の一部門となっていて、そのため新任の館長の前の職場が土木部であったり通商部であったりする。

そうしたことから、館長がすぐれた読書家とはかぎらない。図書館経営の長であるのだからそれでもよいではないかという意見もあるだろうが、やはり館長は書物について深い愛情と造詣《ぞうけい》を持っている人でなければおかしい。

図書館には、生き字引のような人がいる。私が求めているものを口にすると、間髪を入れずそれに関する書物を出してきて並べてくれる。このような時には、この図書館に来てよかった、と幸せな気分になる。

しかし、このような豊かな知識を持つ館員も定年になると退職してしまう。これは惜しい。その人は館を支える貴重な宝で、書物についての専門家なのである。生き字引のような館員は、嘱託などの形で残してもらえぬものか。市長さんは、そこまで眼を配ってほしい。

歴史の村

伊豆《いず》半島の西海岸に戸田《へだ》という村があり、その村は幕末の歴史が色濃く残されている。幕末にロシア使節プチャーチンが「ディアナ号」で下田に来航、日本の応接掛と日露和親条約締結の会議をもつ。その間に大地震によるすさまじい津波が来襲し、「ディアナ号」は大破して、戸田港で修理するために下田をはなれる。しかし、途中で暴風雨にあい、沈没する。そのため戸田村で洋式帆船を建造し、プチャーチンをはじめ乗組員たちは、その船をふくむ船に分乗して帰国する。

久しぶりに戸田村を訪れた私は、長く突き出た岬《みさき》にかこまれた湖のような美しい港を眼にして、いかにも日本最初の洋船を建造した地にふさわしい地だ、と思った。

村の博物館には、沈没した「ディアナ号」の巨大な碇《いかり》がある。沈没地点の富士市が海底から引き揚げ、好意をもって戸田村に寄贈したのである。

さらに館内には、「ディアナ号」と戸田村でつくった帆船「戸田号」の模型その他興味のある貴重な品々が展示されている。当時、戸田村には五百人ほどのロシアの乗組員が住んでいたが、病死した水兵の墓や会談に使用された寺もある。

美しい風光を楽しみながら、歴史にふれられるこの村はまことに魅力にみちている。

船酔い

二十九年前、沖縄へ行った。鹿児島まで列車で行き、市内で一泊後、翌日の正午に出港する那覇《なは》行きの汽船に乗った。ちょうど台風の後で海のうねりは大きく、乗客の多くが船酔いした。

一等船客は、夕食を船長と共にするが、二十六人の船客中、食堂で食卓についたのは私だけであった。

「戦艦武蔵《むさし》」という小説を発表した後であったので、船長は、

「さすがに軍艦の小説を書いただけに、船には強いですね」

と言った。

夜明けに船は那覇に入港したが、一晩中、ベッドからころげ落ちまいとつとめるほど

船は大揺れに揺れた。

その後、漁船などに乗っても酔うことはなく、私は船に強いという確信をいだき、それを自慢にもしていた。

七、八年前、大学時代の友人たちと三陸海岸の田野畑村に行き、観光船に乗った。友人たちの中には女性もいて、波はおだやかであったが、私は彼女たちが船酔いせぬかと心配して絶えず顔色をうかがって歩きまわっていた。

下船すると、友人たちは私の顔が蒼白《そうはく》だ、と口々に言った。

私は完全に船酔いしていたのである。

その後、船に強いなどとは決して口にしない。

椅子《いす》

新幹線の列車に乗って沿線の風景を眺めている時などに、遠く過ぎ去った日に接した人のことが眼の前に浮かんだりする。

二十六歳の夏、会社勤めをしていた私は、奥会津に入り、田島という山間部の町でバスのくるのを待っていた。

その時、バス停の前の薬局から店主らしい五十年輩の男が出てきて、手にした椅子を置き、

「お坐《すわ》りになってお待ちなさい」

と言って、店の奥にもどっていった。

私は坐り、しばらくしてバスが見えたので椅子を店の中に返し、礼の言葉を口にしたが、男は姿をみせなかった。

かれは、バスを待つ人を眼にすると必ず椅子を出して坐らせるのだろう。男の顔は今でも忘れられない。

長崎の県立図書館にはいつもタクシーで行くが、歩いて行ったことがある。道に迷い、前方から歩いてくる女子高校生にその所在をたずねた。

彼女は、道を引き返し、何度か角を曲がって、

「あそこです」

と言い、今きた道をもどっていった。

険悪なニュースがつづくが、このような人が数多くいるのである。それが人間の心を明るくする。

憩《いこ》いの旅

川端康成氏の小説「雪国」の書き出しの、「国境の長いトンネルを抜けると雪国であった」という文章は有名である。越後湯沢の温泉に行く主人公の島村の乗る列車が、トンネルを抜けて湯沢駅についた時の描写である。

そのトンネルとは、現在の大清水トンネルに相当し、たしかにトンネルを入る前には晴天であるのに、トンネルを出ると湯沢には雪が降っている。

私は、湯沢にあるマンションに小さな部屋を持っている。私の唯一《ゆいいつ》の贅沢《ぜいたく》で、その部屋を憩いの場所にし、エッセイを書いたりしてすごす。温泉地の飲食街が近くにあって、そこで食事をし、夜は小料理屋に入って酒を飲む。部屋を持ってから十年近くがたっているので、なじみの店が多い。

昼間は軽食も出す「マロン」という喫茶店に入る。スパゲティなどを口にし、香りの良いコーヒーを飲む。話し好きの店主から紅葉のこと、山菜のことなどをきくのは心がなごむ。

「しんばし」というそば屋にも行く。新鮮な海老《えび》を使っているので天ぷらそばや時には天丼《てんどん》を注文する。そばも米もよいので堪能《たんのう》する。

六十代も後半の私には、この地ですごす時間がきわめて楽しい。二泊三日の旅なのだが……。

野呂《のろ》運送店

志摩半島に行くため近鉄特急に乗って車窓から沿線を眺めていた時、野呂タクシーという看板が後方に過ぎてゆくのが見えた。

少年時代、私の住んでいた町に野呂運送店という大きな看板を出している運送業者があった。トラック、オート三輪、馬車などを持ち、繁昌《はんじょう》していたようだが、野呂という姓と運送店の組合わせが可笑《おか》しく、野呂タクシーという看板を眼にしてその運送店を思い出した。

運送業なのだから速く荷物を運ぶべきなのに、ノロノロとしか運ばないような店名では困るな、と可笑しかったのである。

町には、板井歯科医院という医院もあった。現在とは異なって歯の治療には痛みがつきもので、それをそのまま医院名にしているようで、これも可笑しかった。ただし、その医院は丁寧な診療をすることで評判がよかった。

プロ野球の阪神に藪《やぶ》という投手がいる。

その選手が試合に出場すると、江戸時代中期の肥後（熊本）藩の大儒者藪孤山と同姓だと思う。が、同時に藪姓の家に生れた人は、医師になったらどんな思いを味わうだろう、とつまらぬことを考える。

大学医学部や医科大学を卒業し、病院に勤務すれば、「藪先生」と呼ばれる。藪医者のヤブは、まじないなどで病気を治す怪しげな野巫《やぶ》から来た呼称らしいが、いずれにしても藪医者と自ら称しているようで落着かないだろう。開業して藪医院という看板を出すのもためらわれるのではないだろうか。

だれが藪医者などという名称を作り出したのか、罪作りな話ではある。

小平姓の友人がいた。

終戦直後に小平事件が起こり、新聞で繰返し報道され大きな話題になった。一年余の間に十人の若い女性を暴行、殺害し、結局は捕えられて死刑になった。

「病院の外来受付などで、小平さんと呼ばれるとね、多くの人がこちらを見るんだよ。小平は女性の敵だから、女の人が、いやらしい奴《やつ》というような眼をしておれをにらみつけてくる。気のせいじゃない。本当なんだ」

かれは、うんざりした表情で言っていた。

私にも、似たような経験がある。

これも終戦後のことだが、吉村隊長事件という事件が世の話題になった。終戦時に日本の陸軍将兵がソ連軍によって捕虜収容所に送り込まれ、重労働を課せられたが、捕虜隊長の吉村某が激しいリンチを隊員に加え、死に追いやったという話が引き揚げた旧隊員から伝わった。

それは東京地検に告発され、国会喚問もおこなわれた。

その話が出る度に、私は、吉村隊長の本姓は別姓でね、などと弁明口調で言うのが常で、その事件が解決するまで、なんとなく身をすくめるようにして過していたのを思い起こす。

トンネルと幕

東海道線の旧丹那《たんな》トンネル開通を記念する式典が、熱海市でもよおされ、招待された。私が「闇《やみ》を裂く道」と題する、旧丹那トンネル工事を小説に書いた関係からである。

トンネルの開通は昭和九年で、それまでは、東京駅を発した列車は、国府津駅から現在の御殿場線をまわって沼津駅につき、大阪方面へむかった。

静岡県下に菩提寺《ぼだいじ》があったので、墓参する両親に連れられてその路線をたどる列車によく乗った。むろん蒸気機関車であった。

急勾配《こうばい》の路線で、しかもトンネルが多い。現在は蒸気機関車ブームで、煙を吐いて進む姿をカメラマンが撮影するため沿線に集まる。走る姿が健気《けなげ》に感じられ、魅力をいだくのだろうが、当時の列車の旅はかなり辛《つら》いものであった。

列車がトンネルに入ると、機関車から吐かれる煙が客車内に流れ込む。そのためトンネルに近づくと、乗客は一斉に窓をしめ、トンネルから出ると同時に窓をあける。

御殿場線を列車がたどる時には、絶えず窓を開け閉じする音があわただしくつづいた。そんなことをしても、客車の中に煙が入ってきていて、眼が痛み、顔に煤《すす》がついた。

当時、御殿場線の列車に乗っていた私は気づかなかったが、「闇を裂く道」を書くための調査で知ったことがあった。

ある個所のトンネルは、上り傾斜の急勾配にあって、そこはいつでも上昇気流がはげしかった。

列車がトンネルに入ると、機関車から吐かれる煙は、上昇気流に乗ってトンネルの中を機関車とともに進み、時には機関車を追い抜く。

そのため、むき出しになった機関車の機関士たちは煙に包まれ、失神して事故につながる恐れもあった。

これに対してどのような対策をとったか。

列車の最後尾の車輌《しやりよう》がトンネル内に入ると同時に、トンネルの入り口を厚い布の幕でとざした。

それをする専門の男がトンネルの入り口の脇《わき》にいて、あたかも舞台の幕をしめるように素速く綱をひく。それによって上昇気流がトンネル内を走るのを阻止した。

列車に乗っている者は、むろん、それに気づくはずはなかった。

私は、その小説の調査の過程で、幕でとざされたトンネルの写真も眼にした。幕を操作する人は、ハッピを着た五十年輩の男であった。

外交官

外国に行ったのは、二度だけである。

一回目の旅行は二十九年前で、行先は南アフリカのケープタウンであった。

前年にケープタウンの病院で世界最初の心臓移植がおこなわれ、私はそれを素材に新聞小説を書く準備を進めていて、その調査のため赴いたのである。

当時、南アは徹底した人種差別政策をおこなっていて、白人以外の黒人、混血人、アジア人を非白人とし、居住地区はもとより映画館、食堂、乗物などあらゆるものを白人用、非白人用と区別していた。

公園のベンチにオンリー・ホワイト（白人用）と白ペンキで書かれているのを見て、私は、なんというばかげたことをしているのだ、と思った。

アジア人種の日本人も非白人であるが、日本との貿易額の増大で、日本人を白人に準じるものとするという国会決議がなされた。しかし、白人との婚姻、性交は禁じられていた。

ケープタウンの日本領事館に行った。領事館と言ってもビルの一室で、領事のF氏とイギリス人の女性秘書がいるだけだった。

F氏は、日本人が非白人としてレストランに入るのを拒否されたりすると、厳重に南ア政府に抗議し、改善させる。その繰り返しで、私にも、

「あくまでも毅然《きぜん》として振る舞い、少しでも不快のことがあったら、ただちに私に伝えるように」

と、鋭い目つきで言った。

その気迫に、F氏は、白人同様と認められている日本人の立場を突破口に、愚しい人種差別政策にくさびを打ち込もうとしているように私には思えた。

二十日ほどの滞在であったが、小柄な氏はただ一人遠くはなれた異国の地で戦っているように見えた。日本のすべてを一身に背負っている、といった悲壮感すらあった。

帰国して二年ほどたった頃、氏が退官したことを知り、東京郊外の小さな家を訪れた。私は、氏の変わりように驚いた。畳の上に坐る姿勢はくずれ、顔にはおだやかな笑みの表情が浮かんでいる。ケープタウンで見た、ふれればはね飛ばされるような強靭《きょうじん》さは跡形もなく消えていた。

ペルー駐在青木大使の救出直後の記者会見をテレビで観《み》た時、F氏のことが思い起された。異国では、F氏のように鋭い目をして日々を過ごしている外交官が、数多くいるのだ、と思った。

指紋

今年の夏、家内と福井市に一泊の旅をした。

福井市生まれの家内は知己が多く、その夜、市在住の二人の詩人と小料理屋で飲んだ。

少し前に、時効寸前の殺人をおかした女性が行きつけのおでん屋で逮捕され、それが大きな話題になった。

常連客の男性とおでん屋の女店主が、指名手配されている犯人と女性がよく似ていることに気づき、ビール瓶とマラカスにふれさせ、それを警察署に渡した。

指紋が一致したので、警察官が、店から出てきた女性を逮捕したのである。

小料理屋では、その話になった。

犯人逮捕のきっかけを作った女店主と常連客は、お手柄とほめたたえられているかと思ったら、一部では逆の声もあるという。

しばしば店に来ていた女性の指紋をひそかに取って、それを警察に通報したのは酷ではないか、と非難する者もいるのだという。

これには、私も驚いた。殺人犯の逮捕には市民の協力が大きな要素になっているが、積極的に協力した女店主と常連客が非難されているとは。

人はさまざまな考え方をするものだ、と改めて思った。

指紋と言えば、私は警察官に指紋をとられたことがある。

四十年ほど前、私の勤務していた団体の事務室の小さなロッカーが、夜間に侵入した者の手で荒らされた。簡易錠がこわされ、少額の金を盗まれた。

警察署から署員が来て、ロッカーについた指紋をとった。

それから私をふくめた五人の事務員も、一人ずつ署員から指紋をとられた。私たちもロッカーにしばしば手をふれているので、侵入者の指紋と区別するためである。

逮捕された女性の話を詩人たちとしている間、指紋をとられている私は、なにか罪に相当する行為をおかした場合、たちどころに逮捕される、と思った。

しかし、そのようなことで指紋をとられた人は多く、果しておびただしい指紋が整理し保管されているのか。

帰京した私は、そのことを警察関係者にきいてみると、私のような場合にとった指紋は、すぐに処分してしまうという。登録ずみといった安らぎに近い気持をもっていた私は、それをきいてなんとなく拍子抜けした思いであった。

こわいもの見たさ

K氏は、著名な出版社の役員である。

出版部長時代には、ベストセラーとなった単行本を数多く出した。小説の読み巧者で、小説の良し悪《あ》しを見ぬく鋭い眼力を持っている。寛容な性格で、他の出版社の編集者からも畏敬《いけい》と親愛の念をいだかれている。

いわゆる紳士なのだが、恐れられていることがある。鼾《いびき》である。

だれが言い出したのか、K氏の鼾は人並はずれている、という噂《うわさ》が流れた。もっとも、氏自身がそれを口にしてもいる。

噂というものは、とかく誇張化される傾きがあり、山の温泉宿で泊った氏の部屋の壁が鼾で崩れ落ちたとか、寝室のスタンドの電球がその震動でゆるみ、しばしばはずれるとか。

「鼾がすごいそうですね」

ときくと、

「まあ、そういうことになっています」

氏は、あっさりと答えた。

私は、会社勤めをしていたころ、鼾に恐れをなしたことがある。

社員の慰安旅行で温泉に行き、上司と同じ部屋で寝ることになった。

上司はふとんに身を横たえるとすぐに眠りに落ち、同時に激しい鼾が部屋の空気をふるわせはじめた。異様な音のする鼾で、息を荒々しく吸いこんだ後、汽笛の鳴るような甲高い音がする。

その音の根源をたしかめるため、スタンドの灯に浮ぶ上司の顔をのぞきこんだ。息を吐く時、上唇が風船のように大きくふくれ上り、それが割れて息が吐き出される。特異な音は、一気に息のもれる音であった。

K氏をまじえて編集者たちと東北地方に旅をし、海ぞいの宿に泊った。K氏とだれが同じ部屋に寝るのか。人身御供《ひとみごくう》のようなものだが、若い編集者が同室になった。

翌朝、その編集者の話をきき、K氏の鼾が容易ならざるものであるのを知った。

鼾は、パワーショベルで土石をすくうのに似た荒々しい音で、その編集者は土木作業の現場にいるようで一晩中全く眠りにつけなかったという。

K氏にその話をすると、

「それはそれは」

と微笑するだけで、少しも悪びれた風がみられない。

私たち同行の者は、鼾予防の方法があるはずだから、手術でもなんでも受けるべきだ、と言ったが、

「女房は、私の鼾をきかないと眠れないと言っているんですよ。女房のためにも手術なんかしません」

と、言った。

その言葉に、私たちは口をつぐんだ。

近々、氏をまじえた編集者たちとの一泊旅行が予定されている。だれが氏と同じ部屋に寝るのか。

旅行に参加する某出版社の出版局長が、

「こわいもの見たさの気持で、私が同室になりましょうか」

と、言っている。

私の眼

家内は、私の眼は広角レンズのようだと言う。

たとえば、家内と旅行に出る。駅のホームその他で、俳優をはじめテレビなどによく出ている人を私が眼にして、家内に教える。

家内は、その方向に眼を向け、

「本当ですね」

と、驚く。

私は、別に眼をきょろきょろさせているわけではない。自然に眼に入ってくるのである。

これは少年時代かららしく、美貌《びぼう》の女優と言われていた原節子さんが、山手線の電車の中で、吊革《つりかわ》を手にして単行本を読んでいるのを見たし、茶色のダブルの背広を着た長谷川一夫さんが、銀座の裏道を歩いていてつまずいたのも眼にした。

神田神保町の横断歩道では、売れ出して間もない松田聖子さんとすれちがい、伊豆では、木の実ナナさんが土産物屋の店先で干物《ひもの》を買っているのを、走る車の窓から見た。

その他、私はテレビや新聞、雑誌の写真でよく見る多くの人を眼にしている。

また、前方から知人が歩いてくる時、私の方が先に気づくのが常である。思わぬ所で出会う時は、世の中はせまいものだ、とつくづく思う。

海外旅行をしたことは二度しかないが、パリのルーブル美術館で石段を降りてくる初老の男性を見た。それは大学時代の友人で、三十年近くも会ったことのないK君であった。これも私の方が先に気づき、近づいて私を見たかれは、驚いたように眼をみはった。

先に気づくのはいいようであるが困ることもある。

地方に旅をして朝、ホテルのロビーでコーヒーを飲んでいる時、フロントでチェックアウトをする男性が眼に入った。四十歳前後の女性をともなっていた。

その男性は、私のよく知る高潔な性格の某氏であった。夫人にも一度会ったことがあるが、女性は夫人ではない。

私は狼狽《ろうばい》した。私に気づいた折のかれの驚きの大きさが想像され、これは困ったことになった、と思った。

観光地でもない地方の町では人の眼にふれることはない、と考え、某氏は女性をともなってひそかにやってきた。その安らぎをかき乱したくなかった。

私は、壁に顔をむけて気配をうかがった。ところが、宿泊代を払った某氏は、女性とともに私のいるロビーに入ってきた。

ウェイトレスが近づき、かれがコーヒーを注文しているのをうかがい見た私は、顔をそむけたままひそかに立ち、レジスターで代金を払って足早やにホテルを出た。

その後、ある会合で、ウイスキーの水割りの入ったグラスを手に、某氏と少しの間話し合った。ホテルで眼にしたかれの姿が重り合って落着かず、見たのが私の方だけであることが、申し訳ない思いであった。

赤い船腹

歴史小説の資料集めで、函館市に行った。

市街の全貌を見渡すため、ロープウェイで函館山の展望台にあがった。

どこから来たのか、港に白く美しい汽船が入ってきて、それをながめているうちに、初めて北海道に渡った日のことを思い起した。

四十三年前の秋色が濃くなっていた頃で、結婚して一年もたたぬ家内と二人で北海道に渡った。

むろんその頃、北海道に行くのは、青森港から函館港までの青函《せいかん》連絡船で津軽海峡を渡るのだが、函館港に船が入った時、恐しい情景を眼にして甲板上で立ちすくんだ。

大きな船が、岸に近い所で何隻《なんせき》も船腹をむき出しにして横倒しになっている。半月ほど前に台風で青函連絡船の「洞爺丸《とうや》」その他が沈没し、多くの死者が出たことが大きく報じられていたが、横倒しになっているのはそれらの船であった。

私も家内も、無言でそれらの船の船腹を見つめていた。

北海道内での旅を終えて、私たちは再び函館市にもどり、港に行った。夕刻であった。少し風が出ていて、連絡船を管轄《かんかつ》下におく国鉄は、ひどく神経質になっているらしく、欠航となった。

そのため私たちは市内で夜をすごさなければならなくなり、宿泊する場所を探し、ある旅館に行った。部屋はどこも客が入っていて、私たちは大広間に案内された。そこは、団体客の宴会場らしく、舞台もあった。二百畳近くの広さの広間であった。

旅館の人が、その中央にふとんを敷いてくれ、電燈《でんとう》を消して去り、私たちは身を横たえた。

その広間には、ほかにだれもいなかった。

私は、一定の区切られた空間なら眠れるが、だだっ広い場所では睡眠をとれぬことを知った。

空気が絶えず流れ、私は、闇《やみ》の中で一睡もできなかった。

翌朝は、無風状態になり、私たちは港に行って連絡船に乗った。「洞爺丸」では、船内にいた者たちが逃げおくれて死亡した者が多かったと報道されていたので、船客たちはほとんどが甲板に出ていて、私たちも甲板に立ち、横倒しの船を見つめていた。展望台から港を見下していると、その折の赤い船腹が眼の前に浮び上る。白い汽船が、ゆるやかに桟橋に近づいていた。

写真家の死

二十六年前、私は奇妙な旅をつづけていた。月に一回北海道へ行き、羆《ひぐま》撃ち専門の猟師に猟の話をきき、それを三十枚ほどの原稿にまとめて総合誌に発表することを繰返していたのである。

阿寒《あかん》湖の近くに行ったり、日高方面の山の奥にも入ったりした。猟師たちは一様に口数が少く、極端に気むずかしい人もいて、二日がかりでようやく話をきき出せたこともあった。

なぜ私がかれらの猟の話に興味をいだいたのか。それは、この島国で羆は唯一《ゆいいつ》の猛獣であり、それと対決して撃ち斃《たお》す猟師の心理状態を知りたかったからである。

私は、猟師たちの話をきくにつれて、羆に対する恐怖が果しなく強まるのを感じた。内地の月の輪熊は植物性のものを主食とするが、羆は植物性のものを食べると同時に肉食でもある。牛、緬羊《めんよう》などの家畜を襲い、牧舎につながれた数頭の乳牛すべての腹部を食い荒した写真も眼にした。それらの牛は、羆に頭部をたたかれていて、首が一頭残らず直角に折れ曲っていた。

羆は、しばしば人をも襲い食い殺す。そのような事故が起ると、地元の警察署が羆撃ちの猟師に射殺を依頼する。一般のハンターには手に負えぬからで、猟師は旧式銃を手に単身で羆を追う。猟師の話は、もっぱら人を食い殺した羆を斃した折のことになった。

或《あ》る猟師の家で、敷物になっている羆の毛皮の上に坐《すわ》ったことがある。六畳間の部屋一杯にひろがっていて、私は羆の大きさを実感として感じた。その羆は五〇〇キロを越したものだったというが、毛は剛毛で爪《つめ》は驚くほど大きく太かった。

小山田菊次郎氏という猟師に、小型車で人が羆に食い殺された現場に連れていってもらったことがあった。氏が車をとめたのは、欝蒼《うっそう》と生い繁《しげ》る御料林の中を一直線に遠くまで伸びている細い道であった。

その林の中に生花として業者が高く買う万年草が生えていて、それを採取するため三人の娘が入り、二人は自転車で村に帰ったが、一人は夜になってももどらなかった。

消防団員が捜索した結果、五日目に無残な娘の遺体を発見した。羆に襲われたことがあきらかになり、老練な猟師の小山田氏が村田銃を手に林の中に入った。

氏は私に、その折眼にした樹木のことを口にした。樹木の幹には羆の爪跡とともに人の爪の跡があった。娘は羆の姿を見て逃げ、その樹木に這《は》い登り、羆はそれを引きずりおろし、娘は再び登った。それを繰返した跡であったのだ、と氏は言った。

氏は、銃を手に林の中にさらに入り、ドロの木に登っている羆を見出《みいだ》して弾丸を命中させ、落下させた。

私は、氏とともに車の外に出てあらためてその折の話をきいた。深い静寂が私をつつみこんでいた。御料林は羆の棲《す》む地で、突然のように、ジープと同じ速度で走るという羆が姿を現わすかも知れない。私は、氏が銃を所持していないことに狼狽し、氏をうながして車にもどり、そうそうにその場をはなれた。

夜、札幌のホテルにもどった私は、就寝後、何度もうなされて眼をさました。

それらの猟師の話をきいているうちに、大正四年に苫前《とままえ》の山間部の村を羆が襲い、妊婦をふくむ六人を殺害した事件があったことを耳にした。

私は、苫前に行って少年時代、危うく難をまぬがれた二人の方から話をきいた。ストーブのたかれた部屋で話をメモしながらも、窓からみえる雪におおわれた現場に時折り視線を走らせ、落着かなかった。

この事件を調査し、「羆嵐《くまあらし》」(新潮文庫)という小説を書いた。

その後、羆についての小説を書くことはしていないが、北海道に赴いた折に羆に食い殺された人の遺体写真やそれに関する記録を眼にした。そうしたことから羆に対する知識も増し、羆に出遭った折には死んだふりをすればよいという俗説が、いかに愚しいものであるかも、当然のことながら知った。人は羆にとって食欲の対象であり、餌《えさ》なのである。

カムチャツカ半島で世界的に著名な日本の写真家が、テントで一人いる時、羆に殺されたという新聞記事を読んだ。かれは、アラスカに住みつき、羆についての知識も豊かで、羆をフィルムに数多くおさめていた。鮭《さけ》の遡江《そこう》期で、羆は十分鮭を捕食して食欲はみたされ、人を襲う恐れは全くないと判断していたという。

羆について私は恐怖感があるのみで、生態については門外漢に等しい。その写真家の判断には、それなりの十分な知識の裏づけがあったのだろうと思いはしたものの、野獣であるかぎり人智《じんち》を越えた行動をするはずである、とも思った。

写真家が死ぬ前に撮影された映像が、テレビで放映され、私は視線を据えた。

驚くべき情景が写し出されていた。写真家が、鮭の遡江する川の岸に坐って、川面《かわも》に眼をむけ、しきりにカメラのシャッターを押している。

その横の方数メートルと思われる至近距離に、赤茶けた毛の大きな羆が、顔を写真家にむけて少し歩いたり立ちどまったりしている。

写真家は、あたかも羆が石か樹木でもあるかのように意に介さず、それでも時折り羆に眼をむけては視線をもどす。坐っているかれに全く恐怖の気配はない。

私は、その姿に崇高なものを感じ、感動した。自分の判断にゆるぎない確信をいだいている人間を、そこに見た。表情は静けさにみち、かれの体は周囲の自然の中にそのまま融《と》けこんでいる。

かれの死を無謀とも思っていた私の考えが、きわめて浅薄なものであるのを強く感じた。かれの信念に誤りは全くなく、その死はあくまでも不測の出来事にすぎなかったことを知ったのである。

Ⅵ

歳《とし》を重ねる

病は気から

数年前からあることに気づき、それは信念に近いものになっている。

働きざかりの人で、突然病いにおかされ、短期間に死を迎えることがある。そうした人の中には、精神的に大きな苦しみを背負っていた人が多いような気がする。

むろん、すべてに共通しているわけではない。死はさまざまで、平穏な日々をすごしていた人が、思いがけず発病して死亡することも多い。

しかし私は、病いは気からという言葉がある通り、精神的なものが病気に大きく影響し、発病をうながす重要な要因になっているように思えてならない。

そうしたことから、それを私は十分に意識し、自分のいましめとしている。

生活は、波風の立たぬように日頃から心掛けている。

お金は生活上きわめて大きな比重を占めているが、それは汗水たらして働けば自然に入ってくる。それで満足すべきであるのに、汗水もたらさぬ方法で金を得ようとすると、恐るべき落し穴が開いていて、堪えがたい精神的な苦痛を味わされることになる。

お金に目のくらんだ人が、お金で苦しむ例はいやというほど見ている。毎日配達される新聞の事件の記事の大半は、それを報じるためのものという観すらある。

私は、朝、目ざめると大過なくすごしている自分は幸せだ、と胸の中でつぶやくのを常としている。自らに暗示をかけるのだが、その言葉をつぶやくと気分が明るくなり、今日一日しっかり仕事をしようと思う。

楽天的なのかも知れない。二十歳の折、半年間で六十キロの体重が三十五キロになったような肺結核の末期患者であった私は、朝起きると、今朝も目がさめた、生きていた、ありがたい、と思った。

そのような大病の経験があるからか、生きているのがありがたく、それだから朝、幸せだと胸の中でつぶやくのである。

幸せだから、腹を立てることはめったにない。電車の中で隣りに坐《すわ》った男が携帯電話をかけはじめても、ただ席を立って別の車輛《しゃりょう》に移り、吊革《つりかわ》をつかむだけである。

今日は快晴で、書斎の窓から見える空には雲一片もない。こんな青く澄んだ空を見ることができるのは生きているからで、生きていなくては損だとつくづく思う。

69

ＮＨＫのディレクターから電話がかかってきた。

「各界の方から老いについてテレビでお話をいただきたいと思っておりますが、お話いただけませんか」

私は、そのことについて考えたことがないので、その旨《むね》を伝え、辞退した。

こんな電話があることから考えると、私は老いの部類に入っているのか、と思ったが、そのような意識は全くない。

旅行をしてホテルに泊まるとき、フロントで宿泊カードに年齢を書く欄がある。私は69と書くが、その度にぎくりとする。この数字は、いったいなんなのだ。自分の年齢とは思えない。

しかし、それはまぎれもない事実で、なぜこんな年齢になったのか、と茫然《ぼうぜん》とする。

体にこれと言った故障はなく、肉体的に老いを感じる要素はない。小説を書く身として、近来、ようやく充実したものが身についてきそうな予感がし、仕事はこれからだ、と思っているのである。

のんきな性格なのか。それともふてぶてしいのか。

しかし、先日、電車内で初めて二十歳ぐらいの青年に席をゆずられた。私は頭をさげて礼を言い、腰をおろした。頰がゆるんだ。私はやはり老いの領域に入っているらしく、それはなかなかいい気分であった。

腹巻き

歳月がすぎてゆくうちに、いつの間にか世の中から消えてしまっている物があり、はっと気づくことがある。

その一つに腹巻きがある。

腹部を冷やさぬように、と幼児は金太郎という腹掛けをかけていた。昔ばなしにある酒呑童子《しゆてんどうじ》を退治した足柄山の金太郎がつけていたことから生まれた名称で、江戸時代の絵に幼児がこの腹掛けをしていたものがあることでもわかるように、その頃にも一般化していた。

少年、少女になると、金太郎の代わりに毛糸で編んだ腹巻きをする。寝冷えをしないようにと、就寝時に必ずそれを身につける。

子供だけではなく、大人も腹巻きをしていた。それも昼間である。

夏の日にカンカン帽をかぶり、ちぢみのシャツにステテコ姿の男が、扇子を手に歩いてゆく姿をよく見かけた。男は、ラクダ色の毛糸編みの大きな腹巻きをしている。それは腹部が冷えることを避けるためというよりは、多分に物入れの用をしていた。

紙幣や硬貨をおさめた財布や懐中時計が入っている。時には、折りたたんだ扇子を突きさしていることもある。まことに重宝な物入れであった。

日常、不可欠とも言えた腹巻きが、いつの間にか消えた。当然、理由のあることで、このように消えてゆくものが今後もつづく。

歯みがき

数年前まで、新生児はうつ伏せに寝かすべきだ、と言われていた。たしかアメリカでの学説で、それに日本の医科大学の教授が同調し、全国に広まったと記憶している。が、それは新生児の窒息死事故などを起こす恐れもあって、現在では好ましくないとされているらしい。

歯をみがくことでも、同じことが言える。

戦前は、歯をみがくのは朝ときまっていた。歯をみがきましょう、という啓蒙《けいもう》のポスターなどにも、朝の太陽を浴びた男児が歯ブラシを使っている絵がえがかれていた。

しかし、歯が菌におかされるのは就寝中だということがはっきりしたらしく、夜寝る前に歯をみがくのが正しいとされている。

戦前、少年であった私に、母は、なぜか、夜、就寝前に歯をみがくようにきびしく言った。

学校での指導とちがっているので、私はいやだったが、さからうこともできず、就寝前に歯をみがき、その後もそれが習慣となった。そのためかどうかわからぬが、私の歯は健全である。

家庭の主婦にすぎない母が、なぜそんなことを私に言ったのか。母は終戦の前年病死し、その理由をきくことはできない。

男の歌声

私の家は、井の頭公園に隣接している。

公園ではジョギングをしている人が多く、庭のフェンス越しにそれらの人が見える。

今では引退したが、マラソンの名選手であった増田明美さんの走るのもしばしば眼にした。

数年前、毎日、夜明けごろに男の歌声で眼をさました。美しい声で、クラシックの歌をうたっている。

寝室の窓からうかがい見ると、上半身裸で半ズボンをはき、頭にてぬぐいで鉢巻きをした五十年輩の人が早足で歩いている。真冬もその姿で、吐く息が白い。雨か雪の日以外、かれの歌声は必ずきこえた。

むろん、かれはそれを健康法として日課としている。が、私は、少し度が過ぎていないか、と思った。冬の寒気は、半裸の体に益どころか害になっているように思える。体を鍛えるのは結構だが、ほかに方法はないのか。

一年半ほど歌声はきこえていたが、ある冬の朝を最後にきこえなくなった。

私は、不幸が突然かれを襲ったのではないか、と思った。健康法が裏目に出たのではないのだろうか。それとも事情があって、転居でもしたのか。それならよいが、半裸で歩いていた男の姿がなんとなく物悲しいものに思い起こされる。

ホテル

家内は、姉と妹の三人きょうだいである。十代で両親と死別したためもあって、その結束はすこぶるかたい。それぞれに私をふくめた夫がいるが、甚《はなは》だ影はうすく、家内たち姉妹の付属物の観がある。

彼女たちは、年に二、三回都内のホテルに、あたかも旅行をするごとく泊まりがけで出掛ける。たとえば今年の夏は二泊した。

私には、どうしてもそれが理解できない。三人とも東京に住んでいるのに、なぜ同じ東京のホテルに泊まりに行くのか。

彼女たちの説明はこうである。

夏季などは、多くの人が海外旅行や各地に旅行し、東京のホテルはガラ空きになるので宿泊代を大サービスする。その上、客を集めるため各種の催し物もする。

地方に行けば交通費がかかり、都心のホテルに泊まる方がはるかに格安で快適である。

しかし、同じ東京なのに……と私は思う。どうしても理解できない。

おしゃべりができるし、家事からも解放されるからよ、と彼女たちは口をそろえて言う。食事はレストランですませ、連れ立って銀座なども散策できるという。

また日がたつと、三人は都心のホテルに出掛けるのだろう。私は呆気《あっけ》にとられてそれを傍観するだけである。

女性の生命力

数年前、知人と小料理屋で酒を飲んでいる時、かれはこんなことを口にした。

「昨日の夜、二階から階段をおりかけた時、お袋が女房に、正雄が死んだ時、お葬式はどのようにしましょうね、と言うのがきこえたんだよ。女房もそうですね、なんて言ってね。おりることができなくなって、足音をしのばせて二階へもどったよ」

正雄とはかれの名で、かれはさらに言葉をつづけた。

お袋は八十歳半ばであり、妻はかれより三歳とし上。

「不思議だね。女は、いつまでも生きていると思い込んでいるんだよ」

かれは、息をつくように言った。

しかし、それは不思議ではなく、かれはそれから一年後に心筋梗塞《こうそく》で急死した。

かれの通夜《つや》、葬儀には所用があって行けなかったので、私はかれの自宅でもよおされた一周忌の法事に出向いていった。

法要がすみ、会食になった。

かれの母と妻は、互いに寄りそうように坐《すわ》っていて、おだやかな眼をし、時には笑う。かれが生きていた頃とはちがってひどく明るい表情で、その部分だけ華やかな光につつまれているように見えた。

知人はつつましく貯金もしていたようで、残された母と妻は経済的に不自由なく暮しているのだろう。生前の知人が話したところによると、母と妻は至極仲が良く、かれが夫婦喧嘩《げんか》をすると、必ず母は妻に味方をし、二人が協同してかれに対抗していたという。

知人が亡《な》くなり、家はかれの母と妻二人の世界となり、自由を謳歌《おうか》しているのではないだろうか。法事で見た彼女たちの姿には、そうとしか思えぬ楽しげな雰囲気があった。

知人は、「女はいつまでも生きていると思い込んでいる」と言ったが、たしかにその傾向はある。

自分の周囲を見まわしてみても、死ぬのは男ばかりで、かれらの妻だけが健在であるような気がする。

それらの女性たちは、なんとなくいきいきとしていて、同じように夫を失った女性たちと連れ立って旅行に行ったり、全国ちんどん屋大会を観《み》に出掛けて行ったりしている。

夕食をとりながら、私はひそかに妻の顔をうかがう。なにを彼女は考えているのか。私は、一日でも長く生きてやるぞ、と胸の中でつぶやく。

早足

家内は、歩くのがきわめてはやい。

四十四年前、二年間の交際の末結婚したのだが、交際期間中、ずいぶん早足で歩く女だな、と思った。彼女は常に私の前を歩き、私はそれを追う形であった。

テレビや写真で見ると、イギリス王室のエジンバラ公は、エリザベス女王の少し後ろを歩いているが、私もエジンバラ公のような気分であった。

結婚してからは、私も遠慮せず、

「もう少しゆっくり歩けないのかい」

と声をかけ、彼女もその言葉に歩度をゆるめて、私と肩をならべる。

しかし、それもほんの短い時間のことで、私は、彼女の背を見て歩くことになる。

近くの吉祥寺の町に二人で行くことが多く、途中、公園を横切る。休日には人出が多く、彼女はその中を巧みに縫って歩いてゆく。私は追うのだが、人の体にさまたげられて見失ったことが何度かある。

彼女は、後ろから歩いてくる私のことは念頭にないらしく、はぐれた私がやむなく家

にもどると、電話がかかってきて、

「どうしたの。どこへ行ってしまったんです」

などと言う。

それは私が言いたいことだが、呆《あき》れて返事もできない。

十年ほど前、彼女は、私と公園のゆるやかな階段をおりる時、足をふみはずして足首を捻挫《ねんざ》した。電話を家にかけて娘に自転車を持ってきてもらい、痛がる彼女をサドルにようやくまたがせて帰宅し、タクシーで整形専門の医院に連れて行った。

それから一年もたたぬうちにまたも足首を捻挫し、さらに一年後に駅ビル内の商店街でつまずいて倒れ、今度は救急車で病院に運ばれた。

治療はいずれも一カ月近くかかり、私は、彼女をタクシーに乗せて医院との間を往復した。

彼女が足早なのは、足もとを見ないで歩くからで、そのためにつまずくのである。

私は、階段や路面に段差がある所では、彼女の腕をかかえるようになった。それを眼にした近所の商店主が、

「お仲のよろしいこと」

と言って、ひやかす。

私が腕をかかえるのは、医院通いについてゆくのがわずらわしいし、タクシー代が惜

しいからなのだ。それに、彼女の足のはやさをおしとどめるためなのだが、彼女は階段をおりるとすでに私の前方を歩いている。

親知らず

母は、私が十七歳の夏に、父は十八歳の冬に病死した。

その頃、「孝行をしたい時には親はなし」という諺《ことわざ》があって、両親を失った私は、全くその通りだと思った。

旧制中学校卒業前後に両親が死んだわけで、親の言いつけはなるべく守るようにしていたから、それが孝行と言えるかも知れないと自らを慰めたが、社会人になって親を旅に連れていったり、おいしい物を食べさせてあげたかった、と思った。

しかし、その諺は、現在では意味のないものになっている。「孝行をしたい時には親はいる」のである。

両親は、共に五十三歳で死亡した。今では早すぎる死だが、その頃は平均的な死亡年齢であった。

私が小学生であった頃、祖母が七十二歳で病死した。七十歳は古稀《こき》で、まさに古《いにし》えより稀《まれ》な高齢であり、それを二歳も越えた祖母の死は天寿をまっとうしたものであった。通夜は明るい雰囲気で、酒を飲んだ父も弔問客も「めでたい死だ」などと言って笑い声をあげたりしていた。はては父が、弔問客と祭壇の前で都々逸《どどいつ》をうたう仕末であった。

そうした時代にさかんに口にされた諺は、今では全く通用しない。

「いつまでもあると思うな親と金」という諺は、親を頼りにしてはいけない、親は死ぬものであり、早くから自立するよう心掛けねばならない、という子に対するいましめである。しかし、その諺の「いつまでもあると思うな金」は今でも通用するものの、親に関しては全く無意味になっている。

歯並びの最後方にある第三大臼歯《きゅうし》を、「親知らず」という。いちばんおそくはえる歯なので、生みの親も知らない歯ということから、「親知らず」という名称がうまれた。

ところがこの歯は、二十歳前後にはえるのが普通である。ということは、二十歳前後にすでに親はこの世にいないということになる。

そんなばかな、と思うだろうが、十代後半で両親を失った私などは、二十歳の頃にはすでに親はいなかったのである。

もっとも私に「親知らず」がはえたのは、五十歳の時である。歯医者さんは、珍しいとしきりに言っていたが、私の体にはひどく生育のおくれている部分があるらしい。

諺や歯の名称に、寿命のいちじるしい伸びが実感される。

茶色い背広

家内に、背広の処分を依頼した。

背広と言っても、タウンウェアーの上衣《うわぎ》である。イギリス製の茶色い生地を仕立てたものである。

その背広をつくったのは、三十年以上前である。

二十歳の折に肺結核の手術で肋骨《ろっこつ》を五本切除されたので左後背部にくぼみがあり、左手が右手より四センチ長い。

そのため背広は既製のものは着られず、誂《あつら》えなければならない。東京駅の近くに弟の友人が紳士服専門店を経営していたので、安月給取りの身ではあったが、仕立ててもらい、その後も洋服をその店でつくってもらっている。

茶色い背広を私は気に入っていて、街に出る時着用することが多い。生地がよく、仕立てもしっかりしているので少しも着くずれしていない。

十年ほど前、さすがに裏地がすり切れて、その店に持っていった。

弟の友人は、背広を裏返したりして、

「まだ十分着られますね」

と言って、裏地を貼《は》りかえてくれた。

二カ月ほど前、知人に誘われて銀座のバーに入った。私の初めて入るバーである。知人が、カウンターの中にいるマダムに私を紹介すると、マダムは、

「ずいぶん古いタイプの背広を着ているんですね」

と、言った。

女性の服装は流行があるが、背広はほとんど変らないと思っていた私は、背広にも流行があるらしいことに初めて気づいた。

帰宅してその話を家内にすると、客に失礼なことを言うひとですね、と不快そうだった。

しかし、言われなければ気づかず、むしろよかったのだ、と私は家内に言った。

私は、あらためてその背広を見つめた。衿《えり》が細目なのが古いタイプなのか、と思った。着くずれはしていないが、なんとなく生地がくたびれているようで、もうそろそろお役御免にしてやった方がいいかも知れぬ、と考えた。三十年以上前に作った背広が着られることは体型が全く変っていない証拠で、それは幸せだと言える。

私は、背広に対して、長い間御苦労さん、と胸の中でつぶやき、家内に処分を頼んだ。

洋服ダンスには二十年以上も前につくった背広がいくつかかかっていて、いつかはそれらとの別れの日がくるのだと思っている。

映画私観

映画を観なくなってから、かなりたつ。

私は五歳の時、初めて映画（当時は活動写真と言っていた）を観てから、少年時代には親に気づかれぬよう週に一、二回は、映画館に入った。

下町にある私の町には、映画館が五つもあって、少し足をのばすと十館ほどはあり、邦画、洋画を観て歩いた。

その頃、私は、小説を読むように映画を観た。当時の少年、青年は、私と同じように映画を観て、人の生き方を考え、死を考えた。文学、美術そして映画が、私たちの心に上質の豊かな刺激をあたえてくれた。

戦争が終った後、私は映画監督を志し、シナリオまがいのものまで書いた。が、中学時代からの肺結核がさらに悪化し、体力的に無理であるのを知って断念した。

その後も映画館通いはつづき、それは得がたい趣味であった。

ある日、映画館に入って洋画を観た私は、呆気《あっけ》にとられた。それは、当時もてはやされていた前衛的な映画監督のつくった映画で、思わせぶりなシーンと意味不明なセリフがつづき、なんとなく終りとなった。

なんだこれは、と思ったが、無類の映画好きな私は、世評の高い日本映画をふくめた前衛的な映画をいくつか観た。

私は、完全に失望した。それらの映画をつくった人の気持ちが透けて見えたからである。

その人たちは、難解というよりは意味不明ということが、芸術的に高いという認識をいだいている。たしかに前衛という行為は、芸術をより高い段階に押し進める効果があり、それは尊ぶべきものである。

しかし、これらの映画をつくる人たちは、あきらかに前衛とは意味不明のものという、あやまった考え方をしている。私のように幼い頃から映画を愛して観つづけてきた者を、だますことなどできはしない。

私は呆れ、それから映画館に足を向けることはしなくなった。

「いい映画もありますよ」

と、人に言われることもあるが、一度はなれると、もどることのできない私であるので、

「そうなのでしょうね」

と、言うにとどめる。

たしかにいい映画もあるのだろうし、再び映画の傑作がつぎつぎに生れることを心か

ら望んでいるが、それが実現しても私の腰は重いだろう。

ドアとノブ

東京大学附属病院分院は、積極的に医学研究をおこなうことを伝統とする病院である。心臓移植の動物実験では世界的な業績をあげ、内視鏡の前身である胃カメラを創《つく》りあげた。

終戦後、ドイツで開発された結核の治療手術もいち早く導入し、私は分院で左胸部の肋骨五本を切除する手術を受けた。私の場合は手術がきわめて有効だったが、手術にともなう大量輸血による肝炎の発症などで、生存者はきわめて少ないらしい。執刀して下さった田中大平先生は、その後、名誉教授となられ、腎臓《じんぞう》病で分院に入院された。

私は、先生を見舞うため分院を訪れた。驚いたことに建物は全く変化がなく、私は半ば茫然《ぼうぜん》としながら先生の病室に赴いた。先生はお元気で、五分ほどで辞した。

私は、なつかしさの余り、自分が手術時に身を置いていた病棟に足をふみ入れた。通路の壁ぎわにある流し台も変わりがなく、角を曲がった私はぎくりとして立ちつくした。

前方に二つの病室があり、右側の病室が、私が身を横たえていた部屋であった。手術前の苛酷《かこく》な諸検査、手術後の激しい痛みと呼吸困難。それらを経験した部屋のドアは眼に焼きついているが、ドアもそこについたノブも、当時そのままであった。

五十年近い時間が急速に逆行し、私が寝巻きをつけた二十一歳の痩《や》せ細った身として立っているような錯覚にとらわれた。私は通路を引き返した。

ドアとノブ。それが時折眼の前にうかぶ。その度に、これほど長い歳月生きてきたことを不思議に思う。

江戸時代の公共投資

学習院大学名誉教授である歴史学者の大石慎三郎氏の著書に、こんなことが書いてあった。

江戸時代、幕府が創設されて以来、税金は重く、それらはもっぱら公共事業費に投入された。街道、河川、橋、港湾などの整備が積極的に推し進められ、元禄《げんろく》時代に至って一段落したことが確認された。

たしかに、その通りであったのだろう、と私は思う。

鎖国政策をとっていた幕府は、オランダ、中国二国のみに貿易を許し、長崎出島にいたオランダ商館長は、江戸に赴いて将軍に拝謁《はいえつ》し、貿易を許可してくれる御礼言上をするのを習いとした。

その旅に随行した館員が、ヨーロッパに帰国してから日本印象記を記しているが、それらの記述の中に、日本の道路その他が驚くほど整備されていることを指摘したものが多く見られる。外国人の客観的な眼から見たことだから、まぎれもない事実であったのだろう。

大石氏は、さらに公共事業の一段落によって、元禄以後はそのような事業に費用を投じる必要も少なくなったので、税金が軽減されたという。

私は、この指摘を面白く思う。現在の日本が、ちょうど元禄時代と同じ転換期にあるのではないか、と考えるからだ。

東京空襲を経験した私は、果てしなくひろがる焼野原に茫然として立ちつくした。舗装した道路は少なく、列車や電車は窓ガラスも失われ、乗客が鈴生《すずな》りになっていた。

それが年を追うごとに復興し、やがて目ざましい開発事業が大規模にくりひろげられた。広い舗装路が縦横に通じ、おびただしい高速道路が国の隅々までのび、新幹線の列車が驚くほどの速さで走っている。外国人が見れば、開発されつくした国に見えるにちがいない。

元禄時代以後の税金軽減によって、当然のことながら商人、農民たちは力を貯《たくわ》えた。それを基盤にして幕府をはじめ各藩が窮迫していた財政立て直しに力をそそぎ、功を奏した。

幕末の幕府や各藩が、外国から蒸気船、銃砲などをさかんに購入して国力を充実することができたのも、かなりの財力を貯えていたからである。

歴史は繰り返すと言われるが、江戸時代の情勢の推移が現代とかさなって感じられる。国内の公共整備を終えたこれからは、日本の進路を左右する人たちが、どのような手を打つか。楽観的な私は、後世に評価される成果をあげるだろう、と期待している。

母と子の絆《きずな》

長男は二人の幼い女児の父、長女は二人の幼い男の子の母である。

長男の妻、いわゆるお嫁さんと長女の子育てを見ていると、大変だな、とつくづく思う。

長男と長女が幼い頃、私は会社勤めをしていた。家内も育児には苦労していたはずだが、朝出勤し夜おそく帰宅する私は、長男、長女とほとんど接することがなく、いかに家内が子供たちを扱っていたのか知らなかった。

深夜、子供が泣き出すと、私は勤務にさしつかえるので怒鳴り、家内が戸外に出て子供をあやしていることもあった。今、それを思い返すと、家内にまことに申し訳ないことをしたな、と思う。

お嫁さんと長女は、まさしく子供にかかりきりである。子供が泣けばあやし、面倒臭いだろうに根気よく子供の遊び相手にもなってやっている。

子供は、まだ体ができていないので、しばしば発熱したり消化不良を起したりする。その度に自転車に乗せて医院に連れて行く。夜泣きをすれば、泣きやむまで起きていなければならない。

現在、私は家で仕事をしているので、近くに住むお嫁さんと長女の育児をまのあたりに見ている。

彼女たちと子供たちとの関係は、甚《はなは》だ密接である。母と子の絆はきわめて強く、父親はその連帯の輪からはなれているのを知る。

長男と長女が小学校へ通うようになった頃、帰宅したかれらは、妻が外出していると、お母さんは？　ときくのが常であった。私が外出していても、お父さんは？　とはきかないことを私は察していた。

こんなこともあった。

書斎で仕事をしている時、家内と長男、長女が声をあげて笑い合っているのを耳にし、そのにぎわいに加わろうとして階下におりた。

居間の戸をあけると、かれらはぴたりと笑うのをやめ、一様に私を見た。その眼は、あたかも他人を見るような眼であった。

なぜ私一人、家庭内で疎外《そがい》されているような感じなのか。それは家内がかれらを産んだからだ、と単純に考えていた。

しかし、今はちがう。子供が生れてから母親は、子供と日夜接し、自らを犠牲にして育児に専念しているからだということを知った。母親と子供は、まさに一心同体で、残念ながら父親は少しはずれた所に立っている。

子供がしっかりしているのは母親が立派だからだ、というのが私の持論である。育児の重要な要素は、良いしつけをすることにある。

母親は、自然な形で子供にしつけを教える。脱いだ履物をそろえさせる。食後、食器を台所に運ぶような癖をつける。そのようなささいなことが、子供が成人後立派な社会人になることにつながる。

それなら夫はなにをなすべきか。育児につとめる妻に感謝の念をいだき、ゆとりをもって妻が育児に専念する環境をうみ出すよう努めるべきなのだろう。

なんとなく男としては淋《さび》しいが、お嫁さんと長女の育児を見ていると、そんな気がする。

靴下

母は、終戦の前年に五十三歳で病死した。

今なら若死にだが、当時は一般的な死亡年齢で、私は十七歳であった。母のことを思い出す度に、靴下をつくろっている姿がよみがえる。

母は、九男一女を産み、そのうち三人は幼くして病死し、私が小学校に入った頃は五人の兄と弟がいた。

当時の靴下は、今とちがって木綿でつくられていて弱く、すぐに穴があいてしまう。夜、それらの穴かがりをするのが母の仕事で、母は、畳におかれた私たちの靴下を一つずつ取り上げては針を操る。母は少しも苦にする風はなかった。

小学生であった二歳下の弟は、夏休みの宿題の日記に、

靴下の穴からのぞくぼくの足

という俳句まがいのものを記したほどである。

今年の夏、中学時代の友人と、同じクラスメートであったA君の病気見舞いに行った。A君の住んでいるマンションの部屋は風がよく通り、下方にひろがる公園の緑が鮮やか

だった。

私と友人が椅子《いす》に坐《すわ》ると、A君は、

「靴下をぬいで楽にしてよ」

と、言った。

「ありがとう」

私は答えたが、そのままにしていた。

暑いさかりだから上衣《うわぎ》をぬいで、と言われることはあるが、靴下を、と言われたことは一度もない。

「遠慮しないで、ぬいでよ。ぬいで、ぬいで」

A君は、私と友人の足もとを指さし、夫人も遠慮なさらず、と言った。

病気見舞いにきたのに言われる通りにしないと悪いような気がして、私は靴下をぬぎ、友人もぬいだ。

足がひやひやとして気持がいい。暑熱の中を歩いてきた私と友人のことを気づかったA君の好意であるのを知った。しかし、私はなんだか可笑《おか》しくなった。A君は、夏に訪れてきた人すべてに靴下をぬぐようすすめる。それにさからう人はなく、一人残らずはだしになるのだろう。

靴下をつくろう母の姿が重なり合った。その頃なら穴のあいた靴下をはいている人が多く、恥じてぬぐことを頑《かたく》なにこばんだにちがいない。
靴下は丈夫になったのだ、と思いながら、私ははだしでA君と会話を交していた。

卒業生の寄付

四十四年前に中途退学した私立大学から、学校充実のため卒業生に三万円の寄付を依頼することになったので、協力して欲しいという懇切な手紙が送られてきた。私は中途退学で卒業生ではなく、少しの間考えた。

終戦直後、その大学の前身とも言うべき旧制高校に入学したが、肺結核のため八カ月後に中退した。手術を受けたりして三年間病床生活を送り、その間、学制改革で旧制高校は新制大学になっていて、試験を受けて入学した。

しかし、病後の私には、必須《ひっす》課目とされていた体育の単位をとる体力はなく、入学してから三年後に中途退学を決意した。

私は親しく眼をかけて下さっていた学生部長のI教授のもとに赴き、それを口頭で伝え、学校から去った。

私としては、I教授に申し出れば退学の手続きはすべてすんだと思い込んでいたが、そうではなかった。学校の事務局の前には学費滞納者の名を記した貼紙《はりがみ》が出され、私の名が長い間その中にあったらしい。らしいと言うのは、自分の眼でたしかめたわけではなく、後に後輩であった何人かの友人からきいたからである。

　自分の学歴が公的にどのようなものであるかを知ったのは、国勢調査の折であった。

　用紙に学歴をしめす欄があって、そこには卒業だけが問われていて中退の文字はなく、そのため私は中学卒の個所に印をつけた。息子と娘は大学卒、家内は短大卒、家事をしてくれている女性は高校卒で、私は中卒というわけである。

　十年ほど前、大学の院長、教授、理事の方たちと金沢市へ赴いた。大学の同窓会の金沢支部で教授と私が講演をすることになったのである。

　列車の中で、理事の方が、各地の支部での講演は、教授一人と同窓会員の中から一人選んで依頼している、と言った。

　私は、自分は中退で同窓会員ではなく名簿にも名前は記載されていない、と言った。院長をはじめ教授たちは大いに驚き、しかし、講演会はつつがなく終った。

　理事の方が私のことを同窓会の事務局に伝えたらしく、帰京して間もなく、同窓会から会費を納入するようにという印刷物がとどいた。たとえ中途退学であっても同窓会員として認めて下さったわけで、私はすぐに会費を送った。

中途退学などとは言っても、私は学費滞納者として長い間貼紙にその名を記されていたのである。学校側は、いつまでも支払わぬので放校除籍の手続きをとったはずで、つまり私は、学校規則に反した好ましくない人物とされたのである。

卒業生は三万円の寄付を、という印刷物に私がためらいをおぼえたのは、放校除籍の私が卒業生であるかの如《ごと》く寄付をする資格があるのかと思ったからである。しかし、これは学校側の温い思いやりなのだと考え直し、早速三万円を郵送した。

A君の欠席

年に二、三回、小学校時代のクラスメート七人と集まって、生れた町にある小料理屋の奥座敷で飲む。和気あいあいとして、実に楽しい。

町が空襲で焼き払われて人々は散り、今でもその町に住んでいるのはA君だけで、かれが会の世話役をしている。自動車やオートバイの修理業を営んでいる。

体格が良く、背も高いが、小学校時代は絶えず欠席をしていた。

「体が弱かったんだね」

私が言うと、思いがけず、

「そうじゃない」

と、かれは答えた。

かれには兄と姉がいたが、二人とも幼くして伝染病にかかって死亡し、一人残されたかれも罹患《りかん》するのではないかと恐れた両親が、できるだけ家の外に出さぬようにし、それで学校へも行かなかったのだという。

かれの両親の気持が、私には素直に理解できた。私の母は九男一女を産み、私は八男だが、兄と姉が死んでいる。いずれも伝染病による死であった。

終戦前の日本では、幼児の死亡率が二五パーセントを越えていた。大半が疫痢《えきり》、赤痢、腸チフス等の消化器系統の伝染病で死んだのである。

世の親は戦々恐々となって、すでに二人の子を失った私の母なども、眼を血走らせて幼い私や弟の食物に極端なほど注意をはらっていた。

果実を例にあげると、西瓜《すいか》、バナナ、桃、柿《かき》、梨《なし》などは絶対にあたえてくれず、僅《わず》かに許されていたのは林檎《りんご》と蜜柑《みかん》程度であった。

幼児や少年少女が伝染病にかかると、すぐに伝染病専門の病院に隔離され、その家に消毒の車が来て家の内外に石灰を多量に撒《ま》いた。その作業を、私はおびえながら遠くから見つめていた。

そうした世情であったので、A君の両親は、かれが伝染病にかからぬようにと、体になんの異常もないのに家から外に出さなかった。A君の欠席の背後には、かれの両親の切ない心づかいがあったのである。

現在の幼児の病死率は、〇・一パーセント程度だという。むろん医学の急速な進歩と衛生状態の改善によるもので、世の親は子を失うという大きな悲しみを味わなくてすんでいる。

過ぎ去った時代を極度に美化する傾向があるが、A君の打明け話をきき、それがあさはかな風潮であるのを改めて感じた。

定刻の始発電車

ふと、あることに気づいた。

終戦時、私は十八歳であったが、現在の大臣クラスの政治家は、まだ物心つかぬ幼さで戦争を知らぬ人が多いらしい、ということである。とすると、私は、戦争という日本の歴史上後世に残る大変な時期に遭遇したことになる。

幕末を時代背景とした歴史小説を書いている私は、桜田門外の変、戊辰《ぼしん》戦争など大事件だと思っているが、あの戦争はそれらよりもはるかに大きな出来事で、些細《ささい》なことでも私が眼にし耳にしたことを書き残す義務があるようにも思える。

終戦の四カ月前の夜、私の住んでいた東京の日暮里町は、アメリカ爆撃機がばらまいた焼夷弾《しょういだん》で炎につつまれた。

私は、日暮里駅の跨線橋《こせんきょう》を渡って町の人たちとともに谷中《やなか》墓地に避難した。

爆撃機が去り、私は墓地からはなれて跨線橋の上に立った。

町は、轟音《ごうおん》とともに逆巻く炎につつまれ、夜明け近い空に大小の火の粉が喚声をあげるように舞いあがっていた。

その時、橋の下方に物音がし、私は見下した。

ホームに山手線の電車が入ってきて停車した。むろんホームに人の姿などなく、電車は、ドアの閉る音をさせ、軽い警笛を鳴らしてホームをはなれていった。

その情景が、今でも眼に焼きついている。

時刻から考えて、それは始発の電車だったのだろう。

空襲で沿線の町々が焼けているというのに、恐らく乗客が一人も乗っていないだろう電車が、定刻通りに走っている。運転士は、上司の指示にしたがって定時に電車を車庫から出し、駅にとまることを繰返しながら進ませている。

私は、運転する男の姿を想像し感動した。

少年雑誌に、日本の鉄道は、たとえ長距離列車でも発着時刻が一分もちがわず、それは世界に例のないことだ、と記されていた。

鉄道を守る人の鉄道魂だ、とも書かれていて、跨線橋の下を静かに動いてゆく電車にその言葉を思い起した。

いかなる事態になっても、電車の運行をつかさどる人は始発電車を出すことをきめ、運転士も、それを当然のこととして運転台に入り、電車を進ませていたのだろう。

まだ夜も明けきらぬ線路を進んでいった電車の姿と、町をおおう壮大な炎の色が鮮やかによみがえる。

尾竹橋

小学生の頃、友だちと小魚釣りにしばしば行った。

日暮里町の家を出て、今も都電の終点になっている町屋の通りを進み、隅田川、荒川放水路にそれぞれかかっている尾竹橋、西新井橋を渡る。そこを過ぎた町に長兄の経営する紡績工場があって、近くに点在する沼で釣り糸を垂れるのだ。距離は五キロほどあったが、私たちは少しも苦にすることなく歩いた。

中学生になって、私は、なにかの用事を言いつけられて、長兄の工場との間を自転車で往復することが多かった。

昭和十九年末からアメリカの大型爆撃機の空襲がはじまり、年が明けると都市への夜間爆撃が本格化した。

三月十日には下町一帯が焦土と化し、それから数日後、私は自転車で尾竹橋を渡った。橋の上に数人の人だかりがあり、欄干にもたれて川を見下ろしている。私も自転車をとめ、川面《かわも》を見下ろした。

そこには、二、三十体の死体が大きな筏《いかだ》のように寄りかたまって浮かんでいた。火に追われて川に身を入れ窒息死したらしく、焼けこげの痕《あと》は見られない。嬰児《えいじ》を背負った女、手提げ金庫を背にくくりつけた男、老人、若い女、中学生。

死と隣り合わせに生きていたためか、私にはなんの感慨もなく、あたかも川の風物のようにそれらを見下ろしていた。

昨年春、五十年ぶりに私はタクシーで尾竹橋に行った。人通りの少なかった橋の上には多くの車が行き交い、私は死体のうかんでいた川面をしばらくの間見下ろしていた。

東京の牧舎

ある週刊誌のインタビューで、私の生れ育った家について語った。

私の家は、東京の日暮里町にあって、終戦の年の春、夜間空襲で焼きはらわれた。私は十七歳であった。その空襲で消滅した町のことも、質問に応じて話し、家の近くに牧舎があったことを口にすると、四十年輩のインタビュアーが、

「牧舎って、牛を飼っている牧場ですか」

と、驚きの声をあげた。

それは耕牧舎という名の牛乳精製の会社で、白いペンキの塗られた二階建の瀟洒《しょうしゃ》な建物であった。裏手に乳牛がつながれている厩舎《きゅうしゃ》があり、かなり広い放牧場もあった。

その牧舎では、しぼった乳を殺菌して細口の瓶に入れ、留め金のついた琺瑯《ほうろう》の蓋《ふた》をする。それらを夜明け前に箱車に並べておさめ、白い衣服を身につけた男が曳《ひ》いて家並の間を歩く。家の軒下には、牛乳瓶を入れる耕牧舎と書かれた白いペンキ塗りの箱がとりつけられていて、男はそこに牛乳瓶を入れる。

早朝に、車の曳かれる音と牛乳瓶のふれ合う音をふとんの中で耳にし、牛乳屋さんが来たな、と思うのが常であった。

その後、明治乳業などの大手の牛乳会社が町に販売店を出すようになり、それでも耕牧舎は相変らず家々に牛乳を配っていたが、戦況の悪化とともにそれは絶えた。

町が空襲で焼きはらわれた翌日、避難していた谷中墓地から焦土と化した町に足を踏

み入れた私は、自分の家のあった場所にむかった。

耕牧舎の建物ももちろん消えていたが、放牧場に数頭の乳牛が斃《たお》れているのを眼にした。牛乳は町の家々に配達されることはなくなっていたが、乳牛は生きていたのを知った。

牧舎の人たちは、火が迫って牛を引き出して逃げたはずで、斃れているのは残された牛であったのだろう。

そんな話を私はしたのだが、インタビュアーは東京の町に牧舎があったことに呆気《あっけ》にとられていた。日暮里町にかぎらず、他の町々にも牧舎があって牛乳を家々に配っていたはずである。

現在では牛乳を専門に販売する店は少なく、紙パックに入れられた牛乳がマーケットなどで売られている。

インタビュアーの驚きの大きさに、私は自分も故老の領域に入っているのを感じた。

兄の同人雑誌

父は明治二十四年生れで、夜の食卓で日露戦争の話をすることが多かった。

少年であった私は、それを遠い昔話のようにきいた。今思い返してみると、日露戦争はその頃から三十年ほど前のことにすぎず、終戦から五十二年たった現在、太平洋戦争の話など若い人には遠い遠い時代のことに思えるのだろう。

父は、終戦の年の暮れに五十三歳で病死したが、父が読書をしているのを眼にしたことは一度もなかった。紡績工場と製綿工場を兼営していた父が机にむかっていたのは、帳簿を繰りながら大きな算盤《そろばん》をはじいているか、三角定規を使って機械の設計図を描いている時かにかぎられていた。

ただ一度、父が小説について口にしたことがあった。町内に住む東京帝国大学の学生が、縊《い》死《し》自殺をした翌日の朝食の折であった。

「あの学生は、むずかしい小説や哲学の本などを読んでいたから神経衰弱になり、それで自殺した。妙なものは読まぬがいい」

父はたしなめ、私もその通りなのだろう、と思った。

家に本棚がありはしたが、父には無縁のものであった。母の好んだ泉鏡花や菊池寛の小説が置かれ、だれが読んでいたのか、「日の出」「キング」「富士」などの娯楽雑誌や将棋、碁などの入門書があるだけであった。

そのうちに、本棚に文芸書が並ぶようになった。それは三番目の兄が購入してきたもので、芥川賞、直木賞の受賞作が多く、なかには古本屋で買い求めたらしい古びた単行本もあった。

記憶に残っているのは、石川達三「蒼氓《そうぼう》」、石川淳「普賢《ふげん》」、尾崎一雄「暢気眼鏡《のんきめがね》」、井伏鱒二「ジョン萬次郎漂流記」、長谷健「あさくさの子供」、堤千代「小指」、芝木好子「青果の市」などである。

それらの受賞作以外に小説の単行本も徐々にふえ、本棚は兄の本棚になった。

商家の息子の常で兄は商業学校を卒業して家業に従事していたが、文学に興味を持っていた。学校時代の友人に八藤さんという画家志望の人がいて、この人たちとガリ版刷りの同人雑誌を作った。

かれらは時折り、夜、同人雑誌に発表する作品を手に家の八畳間に集り、朗読会をした。

部屋の電燈《でんとう》を消し、机の上に置かれた電気スタンドの灯で、一人一人自分の作品を読む。全員が和服を着ていて、腕を組んだり眼を閉じたりして聴き入る。さながら文士然としていて、私は部屋の外の廊下を歩くのも忍び足であった。

中学生であった私は、一度その同人雑誌をひそかに繰ってみたことがある。すでに小説に親しんでいた私は、それらがいずれも小説とは程遠い、習作にも達していないものばかりであるのを感じた。

戦争がはじまり、兄は出征したが、軽度の肺結核で家にもどってきた。すでに同人雑誌はいつの間にか解散していて、兄は父から託された紡績工場の経営に専念していた。

工場に附属した兄の家に行くと、ガラス戸のついた大きな書棚が置かれ、そこには日本文学全集をはじめとした文学関係の全集と、小説の単行本が数多く並んでいた。

私は、兄の家に行くたびにそれらの小説を読んだ。兄が大切にしていたので、借り出すことはためらわれ、廊下に坐《すわ》って読むのが常であった。

その頃から、兄の本棚には画集の類《たぐ》いが見られるようになった。親友の八藤さんが勅人という雅号で帝展に応募した作品が何度も入選し、その一つが特選にもなった。

兄は八藤さんの影響を受けて、絵に関心をいだいて展覧会にしばしば足を向け、そのため画集が本棚に置かれるようになったのである。

八藤さんは、戦争も最終段階に入った頃、出征した。かれの所属していた部隊は広島に駐屯していて、原爆の投下を受けた。兄は、八藤さんの身をひどく案じていたが、再び姿を見せることはなく、遺体も不明のままであった。

八藤さんの死で、兄の絵に対する関心は失われたらしく、本棚に新しい画集が並ぶことはなくなった。

終戦後、私は旧制高校に入学したが、中学校時代に二度もおかされていた肺結核がさらに進行し、喀血《かっけつ》して絶対安静の身となり退学した。

幸いにも開発間もない胸部手術を受けて死をまぬがれ、三年後に新制大学に入学した。

しかし、学業に堪えられる体ではなく、中途退学せざるを得なかった。

兄は、私の将来を案じて、

「いったいこれからどうするつもりなのだ」

と、言った。

私は、兄にさとられぬように大学の文芸部機関誌に小説を発表していたので、

「小説を書いてゆこうと思っています」

と、低い声で答えた。

兄は呆《あき》れたように私を見つめ、

「お前は頭がどうかしているんじゃないのか。私たちの家は代々商家で、そんな血はないんだ。地道なことを考えろ」

と、激しい口調で言った。

小説を読み同人雑誌まで作った兄は、小説家への道がいかに険しいものであるかを知っていたのだろう。

私は、打ちしおれたように黙っていた。

時間の尺度

少年時代、夜の食事の折などに、父はよく日露戦争のことを語った。二百三高地の激戦、東郷平八郎司令長官ひきいる連合艦隊とロシア艦隊との間でくりひろげられた日本海海戦の圧倒的勝利。さらにポーツマス講和条約締結後の全権小村寿太郎の弱腰外交に対する庶民の怒りによって起った日比谷騒擾《そうじょう》事件など。

私がその戦争について知っているのは、教科書や少年雑誌などから得たもので、父の口からもれる話が遠い遠い昔話のように感じられた。

明治二十四年生れの父は、日露戦争が起った時、十二歳で、その戦争とそれにともなう事柄に強い印象をうけたのだろう。戦死者の遺骨を多くの人が迎えた炎天の日のことや、勝利を祝う提灯《ちょうちん》行列が家並の間を縫って進んだ情景など、話は具体的であった。

私が父の話をきいた頃から日露戦争までの年数をあらためて数えてみると、三十数年で、私には意外に思えた。昔話のようにきいていたが、日露戦争は父にとってつい先頃のことで、記憶も鮮明であったのだろう。

終戦の年から四十九年がたつが、戦争は衝撃的な出来事であっただけに、生々しい記憶として胸に焼きついている。

開戦の日の翌日、中国大陸で戦死した兄の遺骨が帰還したこと、大陸と洋上での絶え間ない戦闘の経過、発狂しなかったことが不思議と思えるほどの食料品その他の枯渇《こかつ》、飛来したアメリカ爆撃機編隊の長々とひく薄絹のような飛行機雲、そして夜間空襲で家が焼かれた夜の大規模なショーにも似た華麗な光と色、そして音響の氾濫《はんらん》。

私にとっての戦争の記憶は、父にとっての日露戦争のそれより十余年も過去のことで、それが私には意外に思えるのである。若い人たちには、私が父から日露戦争の話をきいたよりも、あの戦争はさらに遠い遠い昔話のように感じられるにちがいない。

終戦の年から現在までの四十九年間という歳月の経過が、私にとって一つの時間的尺度となっている。年齢を重ねた私にとって、その時間の経過は決して長いものではなく、むしろたちまちにして過ぎ去った歳月にさえ思える。四十九年間とはこの程度のものなのか、という意識が胸に定着している。

そうした時間的尺度によって、過去の出来事が急に手もとに引き寄せられ、幕末と言っても決して遠い過去のことではなく、時間の流れの中ではつい先頃のことだと思えるのである。

ある記憶がよみがえる。

終戦から三年後の初夏、私は肺結核で病臥《びょうが》していたが、ラジオで九十歳という高齢者の回顧談をきいた。その人は少年時代、日本橋の大店《おおだな》の小僧をしていて、番頭から用事を言いつけられて上野に出掛けた。

上野広小路《ひろこうじ》に行くと、山の上の方から彰義隊の一隊がおりてきて、広小路を進んできた官軍の一隊と斬《き》り合いになった。かれは恐しく、

「今、上野日活のある場所に大きな天水桶《てんすいおけ》がありましてね。そのかげにうずくまって身をふるわせていました」

と、言った。

数えてみると、彰義隊が上野の山に立てこもった慶応四年（明治元年）はその年から八十年前で、小僧であったその人は十歳であった。

その回顧談は興味深く、老人の気品のあるおだやかな言葉づかいも記憶に残っているが、終戦後三年目の年に彰義隊と官軍の戦いを目撃した人が現存していたのである。

六年前、安政七年（万延元年）三月三日に起った大老井伊《いい》直弼《なおすけ》が暗殺された桜田門外の変を素材にした小説を書いたが、その折、わずか百三十年ほど前に起った身近な事件なのだ、と思った。終戦から現在までの三倍ほどの過去にすぎない、と考えたのである。

暗殺現場で指揮をとった水戸脱藩士関鉄之介を小説の主人公にしたが、子孫の家は私の家からタクシーで十五分ほどの位置にあった。孫の方は数年前に病死し、その夫人が健在であった。

夫人は鉄之介のことを「祖父」と言い、私はあらためて桜田門外の変がつい先頃に起

った事件であるのを感じた。関家には、鉄之介が克明に記した多くの日記と硯《すずり》、筆などの日常使った物などが残されていた。

襲撃に加わった人の子孫をたずね歩いたが、その一人である増子金八のお孫さんの家に行くと、お孫さんは近くの稲荷《いなり》神社に私を導いた。そして、神社の縁の下をのぞきこみ、

「祖父は、ここにかくれていました」

と、言った。

金八は、井伊大老を暗殺後、現場をはなれて養子先の家にもどり、九歳年長の妻の手びきで稲荷神社の縁の下に一時かくれたという記録が残っている。その記録とお孫さんの話が一致し、床の高い縁の下を私ものぞきこんだ。その薄暗い空間に、百三十年前、金八が身をひそめていたことを、私は実感した。

その小説が単行本として出版されてから、事件に関与した人たちの子孫から手紙をいただくようになった。暗殺側の子孫のみならず、襲撃をうけた彦根《ひこね》藩士の子孫の方からの手紙もあった。それらは、「祖父が……」または「曾祖父《そうそふ》が……」と記され、私は事件が遠い過去のものではないのをあらためて感じた。

時間的尺度を持ったことによって、過去に生き、そして死んだ人が身近なものに感じるようになった。これは年齢を重ねたことの一つの恵みだと思っている。

この作品は平成十年五月新潮社より刊行された。

吉村昭著
戦艦武蔵

帝国海軍の夢と野望を賭けた不沈の巨艦「武蔵」――その極秘の建造から壮絶な終焉まで、壮大なドラマの全貌を描いた記録文学の力作。

吉村昭著
星への旅
太宰治賞受賞

少年達の無動機の集団自殺を冷徹かつ即物的に描き詩的美にまで昇華させた表題作。ロマンチシズムと現実との出会いに結実した6編。

吉村昭著
高熱隧道

トンネル貫通の情熱に憑かれた男たちの執念と、予測もつかぬ大自然の猛威との対決――綿密な取材と調査による黒三ダム建設秘史。

吉村昭著
冷い夏、熱い夏
毎日芸術賞受賞

肺癌に侵され激痛との格闘のすえに逝った弟。強い信念のもとに癌であることを隠し通し、ゆるぎない眼で死をみつめた感動の長編小説。

吉村昭著
冬の鷹

「解体新書」をめぐって、世間の名声を博す杉田玄白とは対照的に、終始地道な訳業に専心、孤高の晩年を貫いた前野良沢の姿を描く。

吉村昭著
零式戦闘機

空の作戦に革命をもたらした〝ゼロ戦〟――その秘密裡の完成、輝かしい武勲、敗亡の運命を、空の男たちの奮闘と哀歓のうちに描く。

吉村昭著　雪の花

江戸末期、天然痘の大流行をおさえるべく、異国から伝わったばかりの種痘を広めようと苦闘した福井の町医・笠原良策の感動の生涯。

吉村昭著　脱出

昭和20年夏、敗戦へと雪崩れおちる日本の、辺境ともいうべき地に生きる人々の生き様を通して、〈昭和〉の転換点を見つめた作品集。

吉村昭著　長英逃亡（上・下）

幕府の鎖国政策を批判して終身禁固となった当代一の蘭学者・高野長英は獄舎に放火させて脱獄。六年半にわたって全国を逃げのびる。

吉村昭著　仮釈放

浮気をした妻と相手の母親を殺して無期刑に処せられた男が、16年後に仮釈放された。彼は与えられた自由を享受することができるか？

吉村昭著　ふぉん・しいほるとの娘（上・下）
吉川英治文学賞受賞

幕末の日本に最新の西洋医学を伝え神のごとく敬われたシーボルトと遊女・其扇の間に生まれたお稲の、波瀾の生涯を描く歴史大作。

吉村昭著　桜田門外ノ変（上・下）

幕政改革から倒幕へ——。尊王攘夷運動の一大転機となった井伊大老暗殺事件を、水戸薩摩両藩十八人の襲撃者の側から描く歴史大作。

吉村昭著　わたしの流儀

作家冥利に尽きる貴重な体験、日常の小さな発見、ユーモアに富んだ日々の暮し、そしてあの小説の執筆秘話を綴る芳醇な随筆集。

吉村昭著　ニコライ遭難

〝ロシア皇太子、襲《おそ》わる〟——近代国家への道を歩む明治日本を震撼させた未曾有の国難・大津事件に揺れる世相を活写する歴史長編。

吉村昭著　天狗争乱　大佛次郎賞受賞

幕末日本を震撼させた「天狗党の乱」。水戸尊攘派の挙兵から中山道中の行軍、そして越前での非情な末路までを克明に描いた雄編。

吉村昭著　プリズンの満月

東京裁判がもたらした異様な空間……巣鴨プリズン。そこに生きた戦犯と刑務官たちの懊悩。綿密な取材が光る吉村文学の新境地。

吉村昭著　アメリカ彦蔵

破船漂流のはてに渡米、帰国後日米外交の先駆となり、日本初の新聞を創刊した男——アメリカ彦蔵の生涯と激動の幕末期を描く。

吉村昭著　生麦事件（上・下）

薩摩の大名行列に乱入した英国人が斬殺された——攘夷の潮流を変えた生麦事件を軸に激動の五年を圧倒的なダイナミズムで活写する。

わたしの流《りゅう》儀《ぎ》

新潮文庫　よ-5-40

平成十三年五月一日発行
令和五年六月二十日十刷

著者　吉《よし》村《むら》昭《あきら》
発行者　佐藤隆信
発行所　株式会社 新潮社
郵便番号 一六二―八七一一
東京都新宿区矢来町七一
電話 編集部(〇三)三二六六―五四四〇
読者係(〇三)三二六六―五一一一
https://www.shinchosha.co.jp

価格はカバーに表示してあります。

乱丁・落丁本は、ご面倒ですが小社読者係宛ご送付ください。送料小社負担にてお取替えいたします。

印刷・錦明印刷株式会社　製本・加藤製本株式会社

ISBN978-4-10-111740-9 C0195